저 입술이
낯익다

박 상 률 장편소설

저 입술이 낯익다

㈜ 자음과모음

차례

비는 스물일곱 줄기로 내리고

반지하 방의 어둠에 묻혀 하루 종일 잠을 잤다. 어둠 속에 나를 묻어두었다고나 할까? 어둠은 웅크리고 있기에 딱 알맞다. 대학생 때부터 살고 있는 반지하 방. 아직 떠나지 못하고 있다. 어쩌면 그동안 익숙해진 어둠이 나를 붙잡고 있는지도 모른다.

반지하 방은 원시인이 살던 동굴 속 같다. 원시인들은 해가 뜨면 동굴에서 나와 활동하고, 해가 져서 어두우면 동굴 속으로 들어갔을 것이다. 그들은 어쩌면 어둠을 즐겼는지도 모른다. 하지만 현대인들은 어둠을 즐기지 못한다. 해가 없어도 밤이 낮처럼 환하다. 전깃불, 가게 간판과 광고판의 불빛, 텔레비전 불빛을 비롯한 어둠 방

해군들……. 그래서 현대인들은 어둠을 잃어버렸다. 그런데 내가 살고 있는 반지하 방은 어둠을 즐기기에 좋다. 억지소리가 아니다. 적당한 합리화도 아니다. 사실이 그렇다. 결코 어둠을 잃어버리지 않았다. 어둠 방해꾼들의 훼방도 없다!

잠을 자는 동안 때때로 꿈인지 환영인지 모를 장면들이 감은 눈 속에서 몇 차례 어른거렸다. 그때마다 잠깐씩 잠이 깼는지도 모르겠다. 그러나 나는 굳이 일어날 생각을 하지 않은 채 그대로 가만히 누워 계속 잠을 청했다. 깨어 있는 게 싫어서였다. 깨어 있으면 꿈도 같이 깨진다.

꿈은 자고 있어야 꾸어지지만, 그 꿈을 현실 속에서 이루기 위해선 일어나 움직여야 한다. 어쩌면 나는 꿈을 이루기 싫은지도 모른다. 꾸는 것만으로 만족해하는지도……. 꿈이란 으레 그런 것이라 치부하고 있는지도 모른다. 꾸는 것은 쉽지만, 물론 꾸고 싶은 꿈이 저절로 꾸어지는 건 아니지만, 꿈을 이루는 건 더 어렵다. 꿈은 어쩌면 영원히 이루어지지 않는 것인지도 모른다. 꿈은 영원하다! 그러니 꿈을 깨는 게 나을 것이다. 그런데도 일어나지 못한다. 꿈을 깨기 싫다.

우―.

'우―' 하는 소리가 들린다. 귀에 아주 익숙한 소리다. 하지만 그

소리 역시 무시하고 계속 잠을 청했다. '우ㅡ' 소리는 처음엔 바람 소리 같았다. 그래서 무시할 수 있었다. 하지만 이내 지축을 흔들 정도로 커졌다. 나는 어쩔 수 없이 누워 있는 자리에서 벌떡 일어나 앉았다. 어쩌면 무슨 소리인지, 어디에서 나는 소리인지 소리의 정체를 알아봐야겠다고 생각했는지도 모른다.

자리에서 일어나 앉은 채로 고개를 좌우로 돌렸다. 그러나 고개가 360도로는 돌려지지 않았다. 왼쪽 오른쪽으로 왔다 갔다만 하는 고개. 그런 고갯짓을 한참 동안 했다. 어지럽게 고개 돌리는 짓을 하고 나자 정신이 좀 드는 것 같기도 하고, 더 어지럽기도 한 것 같다.

어둡고 좁은 방 안에 촛불이 너울거리며 점차 방 안이 환해지는가 싶었다. 이윽고 방이 점점 넓어지더니 학교 운동장만큼 커졌다. 더불어 손나발을 하고 입술을 오므린 채 소리를 지르는 듯한 소녀의 모습이 나타나자, '우ㅡ' 하는 함성 소리가 더 이상 참을 수 없을 정도로 크게 귓전을 울렸다.

우ㅡ 우ㅡ 우ㅡ.

소녀의 모습이 보이는 건 어쩌면 환영인지도 모른다. '우ㅡ' 하는 소리도 환청인지 모른다. 그러나 이내 곧 다른 생각이 들었다. 눈앞에 펼쳐진 것과 들리는 것 모두 실제 상황인지도 모를 일이었다.

밖에는 비가 오고 있었다. 두 무릎에 머리를 파묻은 채 빗소리를 들었다. 그렇다면, '우—' 소리는 어쩌면 빗소리인지도 몰랐다. 아닌 게 아니라, 가만 들어보니 빗소리는 소녀의 외침 소리가 되기도 했다가 뭇사람들의 함성 소리가 되기도 했다. 아니, '우—' 소리가 빗소리에 실렸다. 소녀의 외침 소리가 비에 실려 있었다. 마침내 뭇사람들의 함성 소리가 빗줄기를 타고 내렸다.

자리에서 일어나, 반지하라서 창틀 아래가 마당과 거의 맞닿아 있는 창문을 열어젖혔다. 문을 열자마자 마당에서 튀어 오른 빗물 몇 방울이 방 안으로 들이쳤다. 그러나 창틀을 넘어 방으로 비가 들이칠 것 같지는 않아서 창문을 연 채 그대로 두었다. 비가 제법 장하게 내리긴 했지만.

마당에 수직으로 내리꽂히는 빗줄기를 바라보며 오늘 만나기로 한 옛 친구들을 떠올려보았다. 옛 친구라지만 사실은 그들과의 지난날이 손에 쉽게 잡히지 않았다. 심지어는 이름조차도 떠오르지 않았다.

이름도 성도 모르는 친구들……. 그래도 친구는 친구다. 그러니까 만나자고 했겠지. 근데 그들은 내 이름을 알까?

'만나자고 한 것 보니까 친구는 친구인 모양인데…….'

열심히 머릿속을 뒤졌지만 어디서, 언제, 어떻게 만났는지 잘 떠오르지 않았다. 그래도 그들과 나는 친구다. 그것도 아주 오래전부터 알고 지낸 옛 친구다. 그들과 약속을 잡을 때 친구니까 이것저것 따지지 않았다. 그냥 만나기로 한 것이다. 친구는 이유 없이 만나는 관계 아닌가? 나는 복잡하게 따지는 사람이 아니다. 뭐든 그러려니 하는 사람이다.

사실 말이지, 그들과의 관계는 모든 게 불투명하다. 확실히 알 수 있는 것은 오직 그들과 내가 스물일곱 살 동갑이라는 것뿐이다. 우린 동갑내기라는 이유로 서로 말을 놓고 지내기로 했으니까. 우린 동갑이라서 오래된 친구이니까. 친구는 말을 놓는 사이이다. 그래서 동갑끼리 친구가 되는 것이다!

나는 빗줄기가 국수 가락이나 되듯이 하나, 둘, 셋……, 세어 나갔다.

'벌써 스물일곱이야…….'

'그래, 스물일곱이다. 더 이상은 못 세겠어.'

'비는 왜 스물일곱 줄기를 넘게 내려서 셀 수도 없게 만드나…….'

나는 혼자서 중얼거렸다. 아니다, 나 혼자가 아니다. 어쩌면 두 사람, 아니 세 사람, 아니 그보다 더 많은 수십 명의 사람이 내 속에서 중얼거리는지도 몰랐다.

내 속엔 언제부터인지는 몰라도, 여러 사람이 들어앉아 있다. 나는 내 안에 많은 사람들이 들어와 중얼거린다는 것을 알고 있다. 그러나 나는 왜 여러 사람이 내 안에 들어와 깃들어 사는지는 모른다. 그 덕에 나는 혼자가 아니다. 물론 내 안의 그들이 누구인지는 잘 모르지만.

빗줄기 세는 것이 끝나자 고개를 뒤로 돌려 벽에 두꺼비처럼 납작 붙어 있는 시계를 쳐다보았다.

'아직 일러.'

'아니야, 전혀 이르지 않아.'

나는 조바심이 났다. 이른 게 늦는 거보다 낫다. 과유불급이라 하지 않는가. 부족한 게 넘치는 것보다 낫다. 시간도 그렇다. 넘어선 것보다 못 미치는 것이 낫다. 미리 가서 기다리는 것이 시간을 딱 맞추어 가는 것보다 더 편하다.

결국 지금쯤 집을 나서야 하는 걸로 결론을 내렸다.

'스물일곱, 스물일곱이라. 비가 스물일곱 줄기 왔어.'

'비가 왔다고? 그래 비가 왔지. 그런데 스물일곱 줄기보단 더 왔어.'

'아니야, 스물일곱 줄기 왔어. 내 나이만큼 왔거든.'

나는 요즈음 부쩍 나이를 의식한다. 내 나이 스물일곱. 나는 스물일곱 해, 그만큼을 살았다. 아니다, 그만큼을 견디어 냈다.

스물일곱, 어른들은 스물일곱을 두고 언필칭 세상을 뒤집어엎을 수도 있을 만큼 혈기가 넘치는, 패기만만한 나이라고 했다. 그러나 나는 안다. 지금보다 더 팔팔했던 열일곱 살 때에도 세상을 뒤집어엎지 못했는데 스물일곱 살에 새삼스레 내가 뒤집어엎을 세상이 어디 있겠는가.

내게 스물일곱은 그저 내가 견디어 낸 그 세월만큼 힘겨운 나이일 뿐이다. 그래서 내겐 비도 그 스물일곱의 나이만큼, 내가 산 햇수만큼 스물일곱 줄기로 내린다. 아니, 내려야 한다. 뭐든 내 나이를 벗어나지 않는다. 어쩌면 벗어날 수 없는지도 모른다. 갑자기 의문이 일었다.

'걔들은 왜 스물일곱 살이지?'

'스물일곱 해만큼 늙었으니까?'

'그럼 걔들도 나랑 같이 늙어간다는 말인가?'

나는 그들의 나이를 다시 생각했다. 나랑 스물일곱 동갑이기에 친구라지만, 왜 그들이 스물일곱 살인지 잘 모르겠다……

지금 나가기로 결론을 내렸지만 나는 미적거리며 방 안을 서성거렸다. 서성거리던 어느 순간 그만 그 자리에 쭈그려 앉았다. 장판의 눅눅함이 발바닥에 전해져서였다. 쭈그리고 앉은 채 방바닥을 내려다보았다. 몇 해 전 여러 사람들 입에 오르내린 적 있는 '장 아무개' 가수의 노래가 떠올랐다.

'방바닥에 쩍 들러붙은 장판……, 싸구려 커피…….'

커피포트 옆구리에 있는 플러그를 잡아당겨 벽에 붙어 있는 콘센트에 꽂았다. 잠시 후 커피포트에서 물 끓는 소리가 났다. 나는 그 물을 컵에 따라 봉지 커피를 탔다. 봉지 커피가 컵 안에서 기묘한 무늬를 만들었다. 사방이 꽉 막힌 호수의 시커먼 물결 같은 무늬를 만들며 번져나갔다. 그러나 닫힌 호수의 시커먼 물이 호수를 벗어나지 않듯이 봉지 커피도 자신을 담고 있는 컵을 벗어나지는 못했다.

봉지 커피가 만든 무늬를 없어지게 하려면 내가 컵 속의 커피를 마셔야 한다. 내가 마시면 다 없어질 봉지 커피의 무늬……. 그때야 컵을 벗어날 수 있는 커피의 물결. 어쩌면 컵을 벗어나는 대신 내 뱃속으로 들어가 새로 무늬를 만들지도 모를 커피. 하여튼 지금은 컵 속에서 봉지 커피가 거무죽죽한 무늬를 지으며 번져나간다.

다디단 커피를 마시면서 생각했다. 결코 이 커피 맛처럼 달짝지근하지 않은 요즘 나의 생활! 그럼에도 마시지 않을 수 없는 봉지 커피. 그리고 포기할 수 없는 생활. 생활이기에 달짝지근하지 않은지도 몰랐다. 생활은 늘 쓰다. 나만 쓴지 모르지만 내 생활은 커피만큼 쓰다. 그래서 봉지 커피엔 다디단 설탕을 함께 넣었는지도 모른다, 고 나는 생각했다.

느릿느릿 고양이 세수하듯 얼굴에 물 칠을 한 뒤 옷을 꿰어 입었다. 내가 고양이 세수하듯이 얼굴에 물 칠만 한 걸 세수라고 여긴 지는 오래되었다. 아마 초등학생 때부터일 것이다. 학교에 가기 위해 잠을 깨야 했는데, 그때 얼굴에 물 칠을 하는 버릇이 들었다. 얼굴에 물 칠을 하면 눈이 떠져서였다.

옷을 대충 다 걸친 다음 곧바로 방문을 나섰다. 공중화장실의 너덜너덜한 문짝처럼 헐렁헐렁한 방문은 아무 저항 없이, 너무나 쉽게 젖혀졌다. 열린 게 아니다. 잠글 필요가 없는 방문.

사실 이 방 안엔 문을 단단히 닫고 지켜야 할 만큼 귀중한 것은 없다. 내 스물일곱 살의 나이조차 지킬 필요가 없는데 다른 무엇을 지킬 것인가. 그래서 문은 항상 헐렁헐렁한 채 열려 있다. 언제나 열려 있기에 새삼스레 다시 열릴 것이 없다. 젖혀진 문을 힘껏 닫아보았다. 아무 소리가 나지 않았다. 지킬 것이 없는 것은 만지는 대로 가만히 있다. 절대로 소리 내며 저항하지 않는다.

'늦었나? 택시를 탈까?'

'아냐, 조금 늦더라도 버스를 타자.'

나는 늘 이른 게 늦는 것보다 낫다고 생각하지만 오늘 약속 시간에는 늦을 것 같다. 늦으면 택시를 타야 한다. 그러나 난 그렇게 하지 않을 생각이다. 택시를 타고 다닐 만한 여유가 안 되기도 했다.

나는 버스를 탔다. 택시보다 빠르진 않지만 버스가 마음이 더 편하다. 운전기사 눈치 볼 것 없이 조용히 타고 있다가 내릴 곳에 이르렀을 때 내리기만 하면 되니까. 택시를 타면 승객은 택시 운전기사가 다스리는 대로 가만히 있어야 한다. 승객이 한두 사람뿐인 택시 안은 택시 운전기사의 세상이다. 승객의 세상이 아니다. 언제나 택시는 운전기사의 눈치를 보며 타야 한다.

택시에 비해 버스는 승객이 여럿 되니까 운전기사만의 세상은 아니다. 그런 만큼 승객은 운전기사의 눈치를 덜 보아도 된다. 물론 택시에 비해서 그렇다는 것이다. 사실 버스의 운전기사도 승객의 눈치를 보지 않는다. 자기만의 방식으로, 고집대로 차를 몰아간다. 어쩌면, 사실은, 버스도 운전기사만의 세상이다.

운전기사만의 세상? 픽 웃음이 나왔다. 세상은 언제나 운전하는 자의 의도대로, 앞에서 끄는 자의 뜻대로 움직인다. 아니, 움직이는 것처럼 보인다. 어쨌든 뒤따르는 이들의 의중은 아랑곳없다.

'비가 그치는구나.'

'언제 비가 왔었나? 너무 멀쩡한데.'

나는 또 습관처럼 여러 사람이 되어 나에게 이런저런 질문을 던지며 따져보았다. 그래야 마음이 놓이기 때문이었다. 언제부터인지 나에게 이 세상은 따져야 되는 대상이었다. 따져야 나랑 세상이 관련지어진다. 따지지 않으면 나는 이 세상 속에 없는 존재인 것처럼 여겨진다.

어떤 철학자는 좋은 질문 속에는 답도 같이 들어 있다고 했다. 내가 여러 사람이 되어 내게 던지는 질문이 좋은 질문인지는 모르겠다. 그러나 확실한 건, 스스로에게 그렇게 묻다 보면 어느새 답도 저절로 나온다는 것이다. 남이 볼 땐 그게 답이 아닐지 모르지만 나는 그걸 답이라고 여긴다……. 그렇다면, 나의 질문은 좋은 질문이다!

그1, 그2, 그3

버스에서 내리자마자 허겁지겁 뛰었다. 약속 시간을 넘기었다. 나답지 않게 약속 시간에 늦은 것이다.

나라는 사람은 약속을 잡으면 며칠 전부터 안절부절못하는 종자다. 그래서 약속 시간에 절대로 늦는 일이 없다. 어떤 약속에선 하루 전에 약속 장소를 답사하기도 했다. 그런데 이번엔 늦었다. 잠깐이지만, 되레 이르다고 생각하기도 했다. 늦었는데도 다른 때와 달리 전혀 조바심이 일지 않았다. 나답지 않은 일이었다. 알다가도 모를 일이었다. 내가 느긋해진 걸까?

'늦을 수도 있지……'

약속 강박이 약해진 걸까? 그랬는지도 모른다. 이제 약속 따윈 어렵지 않게 여기게 되었는지도 모른다.

가까스로 약속 장소에 이르자, 그들이 기다리고 있었다. 기다리고 있었다는 건 내 생각이다. 그들은 내가 늦었는데도 전혀 조바심을 내지 않았다. 왜 늦었냐고 묻지도 않았다. 그래서 순간적으로 내가 늦었다는 사실도 잊었다. 그들은 자기들끼리 이미 두런두런 이야기를 나누고 있었다. 그들……. 그러니까 그1, 그2, 그3…….

그1, 그2, 그3. 나는 그들의 이름을 모른다. 친구 사이니까 예전엔 이름은 물론 그 이름에 걸맞은 성격까지 다 알았을 것이다. 그러나 지금은 성격은커녕 이름조차 다 까먹고 말았다. 이름 대신 얼굴만으로 기억하고 약속을 잡아 만나야 하는 그들이다. 아 참, 나이도 스물일곱 살로 다들 같잖아! 모두 낯선 것 같기도 하고 익숙한 것 같기도 했다.

그들은 얼마 전에 다른 세상에서 이 세상으로 온 사람들이란다. 내가 다가가자 하나씩 손을 내밀며 악수를 청했다. 아주 익숙한 몸짓이었다. 그러나 나는 조금은 낯설었다. 손은 그들의 얼굴보다 더 낯설었다. 손을 잡을 때마다 그들은 저마다 자신들의 근황을 들려주었다.

그1이 말했다.

"물 건너갔다가 이제 막 돌아왔어. 거기서 이 년 살았나 봐."

그2가 말했다.

"얼마 전에 잠수함에서 내렸지. 어느새 삼 년을 타고 다녔더구만."

그3이 말했다.

"하얀 집에 있었는데……, 온통 하얀 것들이 물결치는 곳이었어. 거기서 알약, 가루약 가리지 않고 몇 포대 먹었어. 나도 삼 년쯤?"

모두들 알 수 없는 소리들을 내뱉고 있었다. 나는 궁금하지도 않았다. 그저 인사로 그들이 내뱉는 소리에 고개를 끄덕여주었다. 다들 고생 많았다는 표정을 지었다. 나도 그들의 표정에 동감하는 표정을 지어주었다. 다 알고 있다는 듯한 자세로 말이다.

나는 시큰둥한 목소리로, 그들이 자신들의 근황을 말한 답례로, 내가 여기 오기 전 한 일을 더듬더듬, 그러나 자세히 말했다. 굳이 일이라고 할 것도 없지만 말이다. 어쩌면 한 짓일 것이다. 내가 한 짓……. 빗줄기 세던 짓…….

"나는, 빗줄기 세다 왔어. 스물일곱까진 쉽게 센 거 같아. 근데 그다음은 못 세어봤어. 셀 수가 없더라고……. 내 방 창문 바깥 하늘에서 마당으로 곧장 수직으로 떨어져 내린 비야. 하염없이 내리더라고. 그래서 스물일곱까지만 세었어."

20

다들 고개를 끄덕였다. 뭔가 알겠다는 표시였다. 나도 덩달아 끄덕였다. 그냥 그러고 싶었다.

잠시 동안의 침묵을 깨고 그1이 말했다.

"높은 산에 올라가 보자. 거기 산성이 있을 거야."

그 제안에 그2가 얼굴을 찡그렸다.

"산은 무슨……. 높은 산이라고 다 산성이 있는 거 아냐. 차라리 교외선이나 타고 사람 없는 곳을 돌아보는 게 나아."

그3의 목소리는 착 가라앉아 있었다.

"이런 날은 그냥 죽치고 앉아서 쐬주병 들고 나발이나 부는 게 좋지. 금세 비가 또 올 거야. 산에 오르면 뭐가 나오고 교외선 타고 돌면 뭐가 나와? 다 부질없어. 약이 금방 떨어질 거야. 난 언제 비가 올지도 알아."

금세 빗발이 후드득거리기 시작했다. 그래서 모두들 조금 전에 했던 설왕설래와는 달리, 이런 날은 포장마차가 제격이다, 라고 어렵지 않게 바로 합의했다. 포장마차는 언제라도, 비가 와도 영업을 할 수 있게 지붕을 이고 있으니까 좋다. 다들 비를 맞고 싶어 하지는 않는 것 같았다.

눈에 들어온 가까운 포장마차에선 김이 모락모락 나고 있었다. 굳이 저 집으로 가자는 말을 하지 않아도 되었다. 그냥 이심전심으로 약속이나 한 듯이 그 포장마차로 자연스레 걸어 들어갔다. 포장마차엔 손님이 딱 한 사람뿐이었다. 그래서 그들과 나 모두 앉기에 넉넉한 공간이 있었다.

그1이 급한 성미를 내보이며 서둘러 말했다. 급한 성미? 그렇게 보였다. 단도직입적으로 주문을 하는 걸 보니.

"꼼장어 구워주세요. 양념 듬뿍 묻혀서요. 비도 오고 하니까 목구멍 때 좀 벗겨야겠어요."

그2가 포장마차 내부를 휙 둘러보며 말했다.

"아줌마, 따뜻한 거 뭐 있어요? 우선 아무거나 국물부터 주세요. 비올 땐 따뜻한 국물이 최고지요. 배도 무지 고파요. 배고플 땐 따뜻한 국물이 최고니까요! 따뜻한 국물로 배를 일단 채워야겠어요."

그3이 몸을 앞뒤로 흔들며 말했다.

"그냥 쐬주부터 줘요. 비는 와도 목은 말라요. 이런 날엔 쐬주를 마셔줘야 목구멍이 확 뚫리지요!"

다들 자기가 주문하고 싶은 대로 지껄였다. 그러면서도 비는 놓치지 않고 꼭 중간에 비와 관련되는 말을 끼워 넣었다.

나는 주문하는 대신 담뱃갑을 꺼냈다. 겨우 한 개비 남아 있었다. 원래 여기에 담배가 몇 개 들어 있더라? 스무 개? 스물일곱 개던가! 나는 한 개비 남은 담배를 빼어 문 뒤 담뱃갑을 구겨서 휙 던져버렸다.

"어?"

담뱃갑이 하필이면 구석에서 국수를 빨아먹고 있는, 딱 한 사람의 손님인 짧은 치마를 입은 여자의 발등에 가서 떨어졌다.

짧은치마는 얼른 발을 끌어당겼다. 담뱃갑이 포장마차 식탁 밑으로 굴러갔다. 나는 짧은치마의 발등에 떨어졌다가 포장마차 식탁 밑으로 굴러가는 담뱃갑을 바라보다가 짧은치마를 바라보며 재빨리 사과했다.

"미안해요. 담뱃갑이 하필 그쪽으로……."

대답이 없다. 나는 계속 짧은치마를 바라보았다. 국수 가락 하나가 짧은치마의 오므린 두 입술 사이로 빨려 들어갔다. 내 나름대로 단정했다. 아마 스물일곱 번째 국수 가락이 빨려 들어가고 있을 것이다……. 저 국수 가락은 스물일곱 번째임에 틀림없다!

내가 내 마음대로 스물일곱 번째라고 규정한 국수 가락이 발버둥 쳤다. 국수 가락이 짧은치마의 입가에서 발버둥 친다. 빨려 들어가는 것, 그것은 모두 몸부림친다. 빨려 들어가고 싶지 않아서이다. 처량하다.

빨려 들어가는 국수 가락을 바라보다가 어느 사이 나도 그만 짧은치마의 입 속으로 빨려 들어가고 말았다. 순간, 온 힘을 다해 몸부림쳤다. 나는 빨려 들어가고 싶지 않았다. 내 자신이 갑자기 처량하게 느껴졌다. 저 입 속으로 빨려 들어가면 다 끝장일 것만 같았다.

나의 이런 저항과 달리 빨아들이는 축은 언제나 여유가 있다. 짧은치마는 내 기분과는 아랑곳없이 계속 국수 가락을 빨아들였다. 이미 스물일곱을 넘어섰으리라. 국수 가락은 이제 무조건 나다.

나는 속으로 중얼거렸다.

'저 여자, 비를 맞지 않았군.'

'그래, 비가 오지 않았거든.'

조금 전과 달리 지금은 비가 오지 않는다. 오늘 날씨는 정말이지 요변덕이다. 나는 여전히 짧은치마에게서 눈길을 떼지 못했다. 아니, 그 여자의 세계 속으로 더욱 세게 빨려 들어갔다. 그러나 그 여자는 내가 빨려 들어가든 말든 신경을 쓰지 않는 것 같았다.

'무얼 하는 여자일까?'

'어떤 세상에서 나왔을까?'

'저 여자가 사는 세상은 내가 사는 세상과 같은 걸까, 다른 걸까?'

'그야 다르지 인마! 같은 세상을 사는 사람은 하나도 없어. 너부터도 다른 세상에서 왔잖아.'

'저 여자는 국수 가락을 스물일곱 넘게 빨아들일 수 있고, 나는

24

빗줄기를 스물일곱 넘게 셀 수 있고…….'

나는 짧은치마 생각에 스스로 묻고 답하며 그들을 바라봤다. 엉뚱지만, 그 순간에 가장 절박하게 들어온 생각이기도 했다. 절박한 것은 예고 없이 엉뚱한 데서 찾아든다.

그들은 어디까지나 그들이었다. 그들은 무엇보다도 말이 고팠는지 자기네들끼리 열심히 떠들며, 자기네들 말마따나 따뜻한 국물로 배를 채우고, 꼼장어로 목구멍 때를 벗기며, 그걸 안주 삼아 소주를 가슴 깊은 곳에 들이부어 타는 목을 축이고 있었다. 그들은 목뿐만 아니라 가슴도 이미 오래전부터 텅텅 비어 있다고 했다. 그래서 무엇이든 들이부어 채워야 하는 모양이었다. 이제 비가 오는 것도 잊어버린 표정이다. 주문할 때까지만 해도 놓치지 않고 있던 비였는데…….

나도 순간 비 같은 것 잊어먹고 짧은치마에게 다시 말을 걸었다. 어차피 비를 피해 포장마차 안으로 들어왔으니 비는 잊는 게 좋다. 그들 말고 말을 걸 수 있는 상대가 있다는 게 다행으로 여겨졌다.

"학생, 혼자세요?"

'학생'이라고 해놓고 보니 어색한 것 같기도 했다. 짧은치마는 학생이라고 부르기엔 나이가 제법 들어 보였다. 그런데 내 나이보다는 더 어려 보였다. 서른 가까이? 그렇게 생각하다가 나는 얼른 스물일곱 살을 떠올렸다. 나이 스물일곱이면 아직 학생 소리 들어도 괜찮은 나이이긴 한데…….

그래서 그랬을까? 그쪽도 학생이라는 소리가 어색했던 모양이다. 짧은치마는 대답 없이 입술을 살짝 움직이며 그저 싱긋 웃기만 했다. 순간, 그 웃음이 나를 혼란스럽게 했다. 저, 미소. 입술가의 미소가 낯설지 않다. 뜻밖에도 그 미소는 어디선가 본 듯 아주 익숙했다.

'어디서 봤더라…….'

아무리 궁리를 해봐도, 생각에 생각을 거듭해보아도 그 미소를 어디서 봤는지 쉽게 떠오르지 않았다. 어쩌면 흔한 미소였는지 모른다. 그러나 나는 이내 곧 고개를 저었다. 결코 흔한 미소가 아니었기 때문이다. 이미 특별하게 본 적이 있는 미소다. 내 뇌리에 박힐 정도로 익숙한 미소.

"어디서 뵌 것 같아요. 혹시 이전에 저를 보신 적이 없나요?"

스스로 생각해봐도 어처구니없는 물음이었다. 그렇지만 짧은치마의 미소는 나로 하여금 그렇게 묻지 않곤 배기지 못하게 했다. 내친김에 나는 하고 싶은 말을 더 하고 말았다.

"웃음이 너무 눈에 익어서요……."

내가 무슨 말을 지껄이든 짧은치마는 아무런 대꾸를 하지 않았

다. 짧은치마는 여전히 국수 가락만 입으로 빨아들이고 있었다. 그
때였다. 미소보다 더 낯익은 것이 눈에 들어왔다.

"맞다!"

짧은치마가 약간 흠칫하는 것 같았다.

국수 가락을 열심히 빠는 저 입술, 저 입술이 낯익다.

그 입술을 보자 이런저런 오물 찌꺼기로 꽉 막혀 있던 하수도 구
멍의 한쪽이 뚫리듯 기억의 구멍이 조금씩 열리기 시작했다. 그렇
다고 수세식 변기가 물을 시원하게 쭉 빨아 내리는 것처럼 시원하
지는 않았다. 하지만 변기에 가득 찼던 물과 오물이 상당히 내려간
것 같은 느낌은 들었다. 역시 좋은 질문 속에는 답도 같이 있다. 나
는 내 멋대로 생각했다!

봄, 한 줌도 놓치기 아까운 볕

걸핏하면 사람들은 무심한 세월이라 하며, 세월을 두고 어쩌고 저쩌고 한다. 어쩌면 세월에 기대어 자신의 처지를 정당화하기 위해 그럴 것이다. 하지만, 무심한 건 세월이 아니다. 무심하기론 세월에 기대어 사는 사람이 더하다. 세월이 흐르든 말든 사람 사이의 끈을 놓치지만 않으면 무심하지 않게 살 수 있다. 그러나 사람들은, 너무나 쉽게 서로 잡고 있던 그 끈을 놓치고 만다. 어쩌면 일부러 슬며시 놓아버리는지도 모른다. 그러고 나서 하는 말이 '무심한 세월이 너무 흘러서 어쩌고저쩌고……'이다.

나는 짧은치마를 광주발 목포행 시외버스 안에서 만났다. 아마도 틀림없을 것이다! 그때 나와 짧은치마는 여느 사람들처럼 조금은 시시하고, 상투적이고, 의례적이고, 무미건조하기 짝이 없는 말로 인사를 텄다. 누구든 버스 여행에서는, 아니 처음 보는 사람 앞에서 대화의 대부분을 그렇게 시작하겠지만.

"어디까지 가십니까?"

그야말로 뻔하디뻔한 물음으로 옆자리에 앉은 아가씨에게 그렇게 물었다. 아가씨? 아가씨 맞다. 젊은 남자인 나하곤 신체 구조가 상당히 다르게 생긴 사람이므로, 절대로 청년은 아니다.

아가씨는 긴바지를 입고 있었다. 아가씨는 양 무릎을 모으며, 조금은 지친 듯한 미소를 입 밖으로 살짝 내비쳤다. 아가씨 미소가 지쳐 보인다고? 어쩌면 내가 그 무렵 몹시 지쳐 있어서 그렇게 아가씨 미소도 지친 듯 보인다고 느꼈는지 모른다. 사람들은 자신의 처지에 따라 상대방도 그러하리라고 곧잘 생각한다. 아마 나도 그랬는지 모른다. 틀림없이, 그랬을 것이다.

나의 물음에 아가씨는 즉각 반응하지 않고 계속 입가에 미소만 흘리며 입술을 실룩거렸다. 금방이라도 입술이 열릴 것 같기도 했다. 그러나 한참 동안 대답이 없었다.

기왕 말을 건 나, 나는 한마디 더 붙여봤다.

"저, 전 목우암까지 가려고 하는데, 어디서 내려야 되죠?"

괜히, 정말이지 괜히 물어본 말이었다. 고등학교를 그만두고 몹시 지쳐 있을 때 친구들이 나를 서울에서 떼어내 데려다 놓은 그 암자에서 이미 한 철을 보낸 적이 있기 때문에 사실은 목우암 가는 길을 훤히 알고 있다.

그사이 몇 해가 흐르긴 했지만, 암자가 저 있던 곳을 버리고 다른 데로 가지는 않았을 터이므로 암자 가는 길을 몰라 못 찾아갈 리가 없었다. 그런데도 그렇게 물은 것이다. 그 순간 아가씨, 아니 긴바지의 입술이 달싹거렸다. 나는 귀를 쫑긋했다. 하지만 긴바지는 대꾸를 하지 않았다. 그래서 내가 억지로나마 또 말을 이어갈 수밖에 없었다.

"내리는 데가 자꾸만 헷갈려서……."

바로 그때 긴바지의 입술이 드디어 열렸다. 아, 얼마나 기다리고 기다리던 응답인가.

"목우암에 아직도 스님들이 사나요?"

처음 내뱉은 말치곤 참으로 엉뚱한 말이었다. 가는 길을 가르쳐주는 게 아니라, 거기에 스님들이 아직도 사느냐고 도리어 내게 묻는 것이었다. 하지만 내가 지금 그 암자 사정을 어찌 알겠는가?

차창을 통해서 들어온 고운 봄볕이 긴바지의 가지런한 손등 위에 쏟아져 내렸다. 봄이었다. 한 줌도 놓치기 아까운 볕이 달리는 차 안에까지 무더기로 쏟아져 들어오는 봄이었다.

다행히도 긴바지의 엉뚱한 물음이 우리 둘 사이를 가깝게 했다. 우린 이미 대화를 많이 나눈 사람처럼, 전혀 어색함 없이 가까워진 사이가 된 것이다. 그러나 황당하기 짝이 없는 그 물음에 대한 내 대답은 몹시도 궁했다. 아가씨, 아니 긴바지의 질문은 좋은 질문이 아니다. 내가 뻔한 대답을 할 수밖에 없으므로. 질문이 좋아야 대답도 좋을 것 아닌가!

"그곳은 절이니까 당연히 스님들이…….."

나는 그 정도로 둘러댈 수밖에 없었다. 그 순간 긴바지는 뜻밖에도 단호하게, 가지런히 무릎 위에 모으고 있던 손까지 들어서 내저으며 말했다. 단호함이 어디 숨어 있다 튀어나오는지 모를 일이었다.

"이 세상에 당연한 것은 없어요!"

"예? 아…….."

그 순간 가슴속 저 깊은 곳에서 뭔가가 찌르르하며 올라오는 느낌이었다. 오랜만에 막혀 있던 구멍이 뚫리는 느낌, 바로 그것이었다. 한동안 나는 입을 다물었다. 굳이 말을 하자면 못 할 바는 아니었다. 그러나 말을 하면 가슴속의 생채기가 그만 드러날 것만 같았다. 이 좋은 봄볕 아래 나의 생채기를, 그것도 잘 알지도 못하는 여자에게 털어놓는다는 것은 너무나 잔인하고, 부자연스럽게 느껴졌다.

차는 계속 남쪽으로 달렸다. 무안읍에서 잠깐 섰지만 긴바지는 내리지 않았다. 조금 더 달리면 차는 종점인 목포에 닿을 것이다. 나는 목포로 들어가기 직전의 버스 정류장에서 내리면 된다. 내 기억이 맞다면, 맞겠지만, 그곳에서 내리면 내가 가려고 하는 목우암으로 이어진 산길이 나온다.

긴바지가 무릎을 손가락 하나로 튕기며 말했다.

"전 목우암 아랫마을까지 가요."

"아, 그렇습니까?"

나는 고개를 끄덕이며 겨우 그 한 마디를 뱉을 수 있을 뿐이었다. 따스한 봄볕이 무색하게 느껴질 정도의 대꾸였다.

차창 뒤로 밀려가는 들녘과 나지막한 산들의 모습은 거의 초록빛을 띠고 있었다. 봄날이 점점 깊어가고 있는 것이리라.

차가 목우암 입구의 버스 정류장에 가까워지자 긴바지가 자리에서 일어났다. 나도 일어났다. 뭔가 한마디 해야 할 것 같았다. 그래서 별로 의미 없는 말이라도 내뱉지 않을 수 없었다.

"목우암 가려면 아마 저도 이번에 내려야 할 겁니다."

차에서 내리자 봄바람이 살랑살랑 불어와 뺨을 간질였다. 긴바지가 바람에 날리는 머리칼 몇 올을 손으로 쓸어 귀 뒤로 넘겼다.
얄브스름하고 하얀 귓불이 드러났다가 다시 머릿결 사이로 숨어버
렸다.

긴바지의 손가락을 따라가는 내 눈길을 의식하며, 나는 건성으
로 말했다. 무엇이 되었든 또 입을 놀려야 할 것 같았기 때문이다.
가만히 입을 다물고 있는 게 너무나 어색했다.

"좋은 날씨군요."

"봄이면 늘 좋은 날씨였죠. 그해 봄에도 날씨는 좋았대요……."

'그해 봄?'

알 듯 말 듯한 말이었다. 하지만 나는 그 말의 속뜻을 애써 파악
하고 싶지 않았다. 어쩌면 속사정을 피하고 싶었는지도 모른다. 그
래서 여느 남녀들처럼 상투적인 말을 또 내뱉었다.

"저기 가서 차나 한잔……."

나는 길 건너편에 있는 다방을 조심스레 가리켰다. 사실을 말하
자면 최대한 조심성을 내보였는지도 모른다.

긴바지의 눈길이 내 손가락을 따라가는 것을 느꼈다. 내 손가락
끝은 '빛고을다방'이라는 간판이 너덜거리는 곳을 가리키고 있었
다. 간판은 전깃줄에 매달린 채 바람이 부는 대로 아무렇게나 너덜
거리고 있었다.

살랑거리는 봄바람 정도에 자신의 몸을 내맡기고 아무 저항 없이 되는 대로 너덜거리는 형편이고 보면 간판의 수명도 다한 성싶었다. 그러나 동시에 저 간판은 저렇게 흔들리는 모습이나마 보여주는 게 저항하는 것인지도 모른다는 생각이 들었다.

내 손가락도 바람에 흔들리는 느낌이 들었다. 내 손가락 끝에서 눈길을 거둔 긴바지가 눈을 내리깔았다. 그리고 더듬거렸다.

"오늘은, 안돼요. 일주일쯤 뒤면, 어쩌면, 괜찮을 것, 같기도 한데⋯⋯."

뜻밖이었다. 더듬거릴 게 뭐 있다고⋯⋯. 나는 그냥 예사롭게 말했다.

"일주일 뒤에요? 특별히 그렇게 해야 될 특별한 이유라도?"

긴바지의 얼굴에 오늘 같은 봄날과는 어울리지 않는 그늘이 지나갔다. 그러나 그녀는 재빨리 그늘을 거두고 엷게 웃었다. 처음 본 사람에게 자신의 그늘을 보여주고 싶어 하지 않는 것 같기도 했다.

나도 굳이 오늘을 고집하며 강권을 할 필요를 못 느꼈다. 그래서 긴바지가 말한 대로 약속을 하고 말았다.

"그렇게 하시죠. 그럼 일주일 뒤, 이 시간쯤에, 저 빛고을다방에서 기다리겠습니다."

일주일이야 금방이지. 나는 긴바지의 사정을 묻지 않았다. 일주일은 그다지 긴 시간이 아니다. 긴바지가 약속을 해준 것만도 어딘가.

긴바지는 대답 대신 고개를 끄덕였다. 바람 한 자락이 긴바지와 나 사이를 떼어놓듯 휙 불며 지나갔다.

긴바지는 다시 입가에 엷은 미소를 가볍게 머금은 뒤 길을 건넜다. 긴바지는 길을 건너자마자 마을 쪽으로 바쁘게 걸어갔다. 긴바지의 뒷모습을 물끄러미 바라보다가 서울슈퍼라는 구멍가게로 천천히 들어갔다.

'서울슈퍼라고?'

목우암 아랫동네에 광주(光州)에나 있음직한 '빛고을다방'이 있는 것도 의아했는데, 가게 이름은 아예 '서울슈퍼'였다. 서울에서 멀리 떨어져 있으면서도 떨어질 수 없는 관계인가?

서울에서도 천 리는 먼 시골구석이라 서울이라는 말이 어울리지 않는다는 생각을 했지만 작은 가게일수록 거창한 이름을 달지 않을 수 없는 세상 이치를 잠깐 생각했다. 그렇다면 저 구멍가게 주인은 세상 이치를 무척 잘 꿰뚫고 있는 게 틀림없다.

나는 서울슈퍼에서 소주 한 병, 새우깡 한 봉지, 담배 한 갑을 샀다.

'시골에 와서도 살 수 있는 건 결국 이런 것뿐이군.'

서울슈퍼에서 나온 뒤 나는 손에 쥔 물건 봉지를 내려다보며 혼자 중얼거리다 긴바지가 사라진 쪽을 한참 동안 바라보았다.

목우암으로 올라가려다 발길을 빛고을다방 쪽으로 돌렸다. 일주일 뒤에 긴바지를 거기서 만나기로 했지만 미리 다방 내부를 봐두는 것도 괜찮을 것 같았다. 괜스레 빛고을다방을 한번 둘러보고 싶어진 것이다.

삐그덕 소리가 나는 다방 문을 밀치고 들어가자 주방 쪽에서 손톱을 다듬고 있던 여자가 고개를 쑥 내밀었다.

나는 창가에 자리를 잡았다. 딱히 볼 일이 있어서 들어온 다방이 아니었다. 그래서 창가에 앉아 일단 밖에다 눈길을 던진 채 도로를 빠르게 지나가는 차들을 바라보았다.

얼굴엔 화장을 한 흔적 없이, 손톱과 입술만 새빨갛게 칠한 다방 여자가 다가와 주문을 받아갔다. 매니큐어로 새빨갛게 물을 들인 손톱과 붉은 칠을 한 입술이 무척이나 낯설게 느껴졌다.

여자가 주문한 차를 준비하는 동안 나는 다방 내부를 재빠르게 눈에 담았다. 사실 그냥 멍하니 앉아 있기도 뭐했다. 그 순간에 내가 할 수 있는 일은 뭔가 알겠다는 표정을 지으며, 가끔씩 고개를 끄덕이며 눈알을 열심히 굴리는 일이기도 했다.

다방 한가운데에는 어항이 있었다. 어항 속 금붕어들은 느릿느릿 헤엄을 치며 시간을 죽이고 있었다. 하긴 어항에 갇힌 금붕어들로선 시간을 죽이고 있는 일 말곤 할 일이 무에 있겠는가? 금붕어들로선 어항의 너비와 어항 속 물의 깊이가 자신들이 느끼는 세계의 전부일 테니 그 안에서 느릿느릿 헤엄을 치거나 뻐끔뻐끔 입을 열었다 닫았다 하며 시간을 보내기만 하면 그만일 것이다.

고개를 빼서 둘러보니 안쪽 벽엔 커다란 동양화 액자가 걸려 있었다. 노송을 배경으로 기와가 얹힌 정자가 그려져 있었는데 정자의 무게에 액자가 내려앉으면 어떡하나 할 정도로 비례가 잘 맞지 않게, 정자가 너무 컸다.

맞은편 벽엔 판화가 걸려 있었다. 광주리에서 주먹밥을 꺼낸 아주머니가 젊은이에게 건네주는 광경을 그린 판화였다. 판화를 새긴 칼끝의 힘이 드러날 정도로 젊은이의 얼굴 윤곽선이 뚜렷했다.

판화 그림 바로 옆엔 추가 게으르다 할 만큼 느리게 왔다 갔다 하는 괘종시계가 걸려 있었다. 시계조차도 시간을 죽이고 있는 게 틀림없었다.

'일주일 뒤에 여기서 긴바지를 만나면 무슨 얘기를 하지? 시간 죽이기 하는 금붕어 얘기? 너무 무거워 보이는 동양화 속 정자 얘기? 칼끝이 예리한 판화 이야기? 느리게 가는 시골 다방 시계 얘기?'

홀짝홀짝 차를 마시는 동안에도 다방 여자는 나를 방해하지 않았다. 나도 굳이 다방 여자에게 말을 붙일 이유가 없어 찻잔이 바닥을 보이도록 눈길을 돌리지 않고 있었다. 다방 여자나 나나 어항 속의 금붕어처럼 느릿느릿 시간을 죽이고 있다는 생각이 들었다.

바람을 가르며 씽씽 달리는 차들이 내는 소리가 다방 안에까지 들려왔다. 차를 다시 탈 것은 아니었지만 차 소리를 듣자 괜스레 마음이 바빠졌다. 나는 서둘러 찻값을 계산하고 다방을 나왔다.

다방 문은 나올 때도 역시 삐그덕 소리를 냈다. 다방 문에 '빛고을다방'이라는 글자의 페인트 색이 바랜 채 희미하게 씌어 있었다.

내 기억이 맞다면, 아마 맞겠지만, 틀릴 까닭이 없지만, 목우암은 마을 한가운데를 지난 뒤 들길을 한참 건넌 다음 좁다란 산길로 들어서야 나온다. 그새 산길이 매끄럽게 다듬어지진 않았을 것이다. 더더구나 차가 다니게 포장이 되진 않았을 것이다.

마을은, 아까 긴바지가 먼저 들어간 마을은, 여느 시골이나 마찬가지 그대로 한가한 분위기였다. 울긋불긋한 칠이 벗겨진 지붕들, 그 지붕들 사이사이로 나이깨나 먹었음직한 팽나무며 느티나무 같은 것들이 서 있는 게 보였다. 더불어 그런 풍경 사이로 애달픈 울음소리가 들려왔다. 오늘 같은 봄날 분위기엔 그다지 어울리는 소리가 아니었다. 누군가의 죽음 앞에서 부르짖는 호곡 소리 같았다.

'사람이 죽어가고 있는 모양이군.'

사람 사는 곳에 사는 만큼 죽는 일이야 흔한 일이다. 그래서 나는 슬픈 울음소리에 그다지 마음을 두지 않았다. 단지 봄날이라는 것이 마음에 조금 걸릴 뿐이었다. 십 년 전 광장에서 촛불을 켠 고1 시절의 봄날 이후 나는 해마다 봄이 되면 또 무슨 일이 일어나지 않나 하는 조바심에 마음을 졸이기 때문이다. 그 옛날 광주 5·18도 봄이었지 않은가.

봄날 하나가 또 가고 있었다.

봄날, 광장에 핀 꽃, 꽃, 꽃

그해 봄날, 나는 고등학교에 갓 입학한 신입생이었다. 형식적 민주주의나마 지키려고 제법 애쓰던 상대적 진보정권이라는 노 씨 정부가 물러난 지 얼마 안 된 때였다. 노 씨 정부는 나름대로 애를 쓰긴 했다. 하지만 국민들에게 그다지 인기를 얻지는 못했다. 국민? 대한민국에 사는 사람들!

사람들은 걸핏하면 대한민국이라는 버스의 운전기사인 노 씨 탓을 했다. 심지어는 데이트 약속이 깨져 일찍 귀가하는 것도, 감기에 걸려 동네 의원에서 의료비를 지불하게 되는 것도, 버스가 늦게 와 약속 시간에 좀 늦는 것도, 비가 와 옷에 빗방울이 튀는 것도, 바람에 간판이 들썩거리는 것도 다 노 씨 탓이었다. 탓, 탓, 탓이었다. 다 대한민국의 버스 기사인 대통령 탓이었다.

"무슨 운전을 저렇게 해? 엉망으로 운전하니까 내 일도 재수 없어서 안 풀리고 있잖아!"

"그러게 말이야. 깜빡이는 왼쪽 것이 번쩍거리는데 차가 왜 오른쪽으로 돌고 있는 거지?"

사소한 것에선 탓을 하지 않는, 생각이 좀 있다는 사람들은 노 씨 정부가 깜빡이만 왼쪽 것을 켰을 뿐이지 실제 차는 오른쪽으로 몰고 있다고 못마땅해했다. 그런 반감을 아주 잘 이용해 들어선 정권이 자칭 보수정권이라는 이 씨 정부였다. 그런데 이 씨 정부는 노 씨 정부에 비하면 못마땅한 정도가 아니었다. 이 씨 정부는 출발하자마자 아예 기대할 것 없이 되어버린 정부였다.

"햐, 노 씨 정부는 그래도 양호한 편이었네. 이 씨 정부는 깜빡이고 뭐고 아예 켤 줄도 몰라! 깜빡이 안 켠 건 놔두고라도, 앞으로 갈 줄도 모르는구먼. 뒤로만 차를 몰고 있어, 허참!"

"그래서 구관이 명관이라는 말이 나온 것일세."

"햐, 늑대 피하려다 호랑이 만난다더니, 참 어이없네!"

정확히 말하자면 늑대 피하려다 호랑이 만난 그 꼴 이상이었다. 물론 노 씨 정부는 아주 사나운 늑대가 아니었다. 그런데도 사람들은 마땅치 않아 했다. 그런데 이젠 아예 호랑이를 만난 것이다. 그것도 먹잇감이면 뭐가 되었든, 초식이든 육식이든 가리지 않는 괴물 같은 호랑이. 말 한마디, 행동 하나하나 모두 뻔뻔하기 짝이 없었다. 사람들은 경악했다. 한 번도 들어본 일이 없고, 본 적도 없는 잡식성 초대형 호랑이가 나타난 것이다. 오로지 자신의 먹이에만 관심을 둔 호랑이를 만난 것이다.

입만 열면 스스로 보수정부라고 했지만, 보수라면 좋은 것이나 바람직한 것을 지켜야 하는데, 그 정부에 몸담고 있는 이들은 하나같이 지킬 것이 무엇인지 잘 모르는 사람들이었다.

어쨌든 자칭 보수정부라는 이 씨 정부는 자동차에 깜빡이가 있는 줄도 모르는 것처럼 굴었다. 그래서 비상등은커녕 아무런 깜빡이도 켜지 않은 채 후진만 할 줄 알 뿐 전진은 모르고 있었다.

"뭐야? 뒤로 가고 있잖아!"

"운전을 이따위로 하고 있다니!"

"이 사람들은 아예 길을 똑바로 갈 줄 모르는가 보네!"

사람들은 자신들이 뽑은 대통령이 하는 짓을 보고 새삼 놀랐다. 누워서 침 뱉기이지만 말이다.

"누가 저런 사람을 대통령으로 뽑은 거야?"

"사돈 남 말하네."

"이제 와 누굴 탓해서 뭐하겠소!"

사람들은 경제를 살린다는 말에 깜빡 넘어가 그를 대한민국이라는 버스의 새 운전기사로 뽑은 거였다.

"전과 좀 있으면 어때? 경제만 살리면 되잖아!"

그는 알려진 전과만도 여럿 되었다.

"일하다 보면 본의 아니게 법을 어길 수도 있지! 죄 짓는 게 무서워 아무것도 안 하는 것보다 낫잖아!"

그는 흠집이 많은, 흠집도 그냥 흠집이 아니라 웬만한 영역에서 두루 전과를 기록할 만큼 대단한 경력의 소유자였다. 그런 흠집에도 사람들은 그를 대통령으로 뽑은 것이다. 그가 대통령이 되면 누구나 다 부자가 될 줄 알고서 그런 것이다. 이 씨는 경제를 살린다는 입에 발린 말로 사람들의 심리를 이용했다. 자신의 흠집을 되레 사람들의 욕망을 부추기는 데에 쓰기도 했다. 사람들도 욕망의 대상을 사랑해서가 아니라 자신의 욕망을 더 사랑했기에 그만 그의 솔깃한 말에 넘어가고 말았다.

그는 기회 있을 때마다 속삭이거나 외쳐댔다.

"모두 부자 되세요! 제가 부자로 만들어드리겠습니다!"

사람들 모두 부자가 되고 싶어 안달이 나 있던 참이었다. 그래서 새해 인사도 '복 받으세요'나 '복 지으세요' 같은 추상적인 말이 아니라 '부자 되세요!'라는 직설적이고 구체적인 말로 진즉 바뀌었다. 그런 때에 부자로 만들어준다는 사람이 나타났으니 열광하지 않을 수 있었겠는가.

그러나 막상 대통령으로 뽑히고 나자 그는 국민들을 부자로 만드는 데는 관심이 없었다. 오로지 자신과 자신의 주변 사람들을 부자로 만드는 것에만 더욱 혈안이 되었을 뿐이다. 그들은 더 많은 것을 안 가져도 될 만큼 이미 부자였는데 그 정도로 만족을 못하고 더욱 큰 부자가 되고 싶었던 모양이다. 그래서 아흔아홉 마지기 가진 부자가 한 마지기 가진 가난한 이의 논을 빼앗아 백 마지기 채우고 싶어 한다는 말도 생겼으리라. 그들은 철저하게 그 말을 실행하였다.

그런 그이기에, 그는 국가와 개인을 구분하지 못하였다. 그는 애초에 그런 구분을 해볼 생각도 내지 않은 것 같았다. 그는 대통령 자리가 자신과 가족과 친구들의 재산 증식에 무척 도움을 주는 자리로만 인식을 하고 있었다. 그런데도 사람들은 그를 자신들이 탄 버스의 운전기사로 뽑았다. 그가 운전을 잘해 살림살이를 불려줄지도 몰라서였다. 하다못해 그가 흘린 떡고물이라도 주워 챙기려는 속셈들을 저마다 가지고 있었다. 그의 흠집이 되레 모든 사람들이 바라 마지않던 욕망이나 마찬가지였으니, 이제 와 새삼 누구를 원망하랴.

"엥? 지들 배만 불리잖아?"

"그럴 줄 몰랐나?"

"설마, 그럴 리가?"

"죽지도 않은 경제를 살린다 할 때부터 알아봤어야지!"

"그러게 말야. 이제 진짜로 경제가 죽어버렸어!"

이 씨 정부 사람들은 길을 무시하고 역주행하는 것을 아주 당연시하였다. 그들은 입만 열면 보수라고 했지만, 정작 지켜야 할 것은 하나도 안 지키며 오로지 자신들의 이득만을 지키는, 기득권 지키는 걸 보수로 이해하였다.

"뭐야? 아주 노골적이네!"

"뻔뻔하기가 철판 낯짝이여!"

그런 정부가 들어선 지 얼마 안 된 무렵으로, 이른바 촛불 정국으로 온 봄날이 출렁대던 때, 그때 나는 고등학생으로, 열일곱 살이었다.

"미친 소가 들어온다며?"

"사람이 미쳤는데 제정신 가진 소를 들여오겠어? 자기들과 같은 급으로 들여오겠지."

광우병이 의심되는 미친 소 수입이 촉발한 촛불 시위는 여학생이 앞장서 무리를 이룬 중고생부터 직장인, 주부들까지 광장으로 나오게 만들었다.

뜻밖에도 사람들은 먹는 것에 아주 민감했다.

"미친 소 좋으면 니들이나 먹어라!"

이런 불평에 정부를 맡은 사람들은 어지러운 숫자를 들이대며 그때마다 되받아쳤다.

"통계를 보십시오. 수입 소라고 다 광우병에 걸린 것 아닙니다."

벼슬아치들은 애써 그렇게 해명하였지만, 사실은 자신들도 무슨 말을 하고 있는지 잘 모르는 듯해 별로 효과가 없었다. 사람들은 그런 이들에게 아예 종주먹을 들이댔다.

"수입 소가 그렇게 좋으면 니들이나 먹으라니까!"

마침내 촛불 시위대는 대통령이 사는 청와대와 멀지 않은 서울 광화문 광장을 중심으로 너른 길 모두를 점령했다. 광장을 시위대에 빼앗긴 경찰은 다급해졌다. 그래서 광화문 네거리 이순신 장군 동상 앞에 기묘한 차단벽을 설치하였다.

시위대들은 대통령 이 씨의 이름을 따서 산성 이름을 '명박산성'이라 지어 붙였다.

"산성이 꼭 높은 산이나 깊은 산에 있는 건 아니구먼!"

"햐, 하루 저녁에 컨테이너로 바리케이드를 치다니, 역시 건설회사 사장 출신이 대통령이 되니까 차단벽도 잽싸게 뚝딱 치네!"

"컨테이너를 꼭 레고 장난감 쌓듯이 했구먼."

"기막힌 발명품이라니까! 기네스북에 올릴 만한 솜씨야! 예전에 자기가 받들던 왕 회장인가 하는 건설회사 사장이 겨울에 심은 보리를 잔디로 둔갑시켜 사업권 따냈다더니, 거기서 배웠구먼!"

경찰은 하루 저녁에 컨테이너를 용접하고 바닥에 쇠말뚝을 박아 단단한 차단벽을 설치했다. 사람들은 거기서도 건설회사 출신 대통령의 기발함을 보고서 혀를 내둘렀다. 그 전엔 기껏해야 전투경찰 버스로 길을 막아 시위대와 경찰 사이를 갈랐다.

경찰은 한술 더 떠 반고체 상태 윤활유인 '그리스'라는 것을 컨테이너 외벽에 발랐다. 시위대가 컨테이너 차단벽을 넘어 청와대로 쳐들어갈까 봐, 미끌미끌한 그리스를 바른 것이다.

"그리스가 여러 군데 쓰이는구먼. 한강 다리 난간에 올라가 강으로 뛰어내리려는 사람들 자살 못 하게 난간에 바르더니, 이런 데에도 쓰는구먼."

그런데 그리스는 미끄럽긴 해도 접착력이 있었다. 사람들은 각종 문구가 적힌 종이를 컨테이너 벽에 붙일 수 있어 되레 좋아했다.

"히히, 풀이 따로 필요 없네!"

사람들은 그리스를 바른 차단벽에 각종 벽보를 붙이기 시작했다.

'생명이 먼저다'

이 문구에선 국민의 건강이 먼저 떠올랐고,

'미친 정부'

여기에선 광우병 걸린 소를 수입하려는 정부를 규탄하는 시민의 마음이 보이고,

'2MB 냉큼 물러나시오'

이 구호는 대통령의 이름을 영어 약자로 써서 컴퓨터 용량에 빗댄 재치가 돋보였다. 심지어는 당시의 영화 제목을 본뜬 '공공의 적'이라는 문구도 등장했다.

사람들은 컨테이너 차단벽을 우습게 여기고, 도리어 시위를 즐거운 놀이 정도로 만들어버렸다. 그도 그럴 것이 이번 시위는 어린 학생들의 착상에서 비롯되었기 때문이다. 게다가 아기들을 유모차에 태운 주부들까지 거리로 나왔다. 이름하여 유모차 부대. 그러니 모두들 시위가 아니라 한판의 신명나는 놀이로 여기고 광장을 놀이터로 만들어버렸다.

대통령에게 충성을 하기 위해 산성을 쌓은 경찰을 머쓱하게 만들어버린 것이다. 사람들은 산성 앞에서 사진을 찍으며 서울을 대표하는 새로운 '랜드 마크'가 생겼다고 웃어대며 관광 자원화하자고 했다. 외신에서도 이런 분위기를 전했음은 물론이다. 하여튼 명

박산성은 뒤의 이순신 장군 동상과 묘하게 어울리며 시민들의 조롱거리가 되었다.

촛불 시위가 절정에 이른 그날 저녁 대통령 이 씨는 청와대 뒷산에 올라 끝없이 이어진 시위대를 바라보며 감회에 젖었다고 한다. 캄캄한 저녁, 산 중턱에 홀로 앉아 국민들을 편안하게 모시지 못한 자신을 자책하며 늦은 밤까지 생각하고 또 생각했단다. 시위대의 함성과 시위대가 즐겨 부른 노래 〈아침 이슬〉을 자기도 오래전부터 좋아해서 그 노래를 들으면 감회가 어쩌니 저쩌니 했다. 그러나 이런 말은 되레 시위대를 자극했다. 시위대는 즉시 '태산이 높다 하되 하늘 아래 뫼이로다'라는 시조에 운을 맞춘 시조놀이를 하였다.

차단벽 높다 하되 하늘 아래 벽이로다
국민의 목소리 퍼지고 또 퍼지면 안 미치는 곳 없건만
대통령은 제 아니 듣고 명박산성만 쌓더라

"히히. 고집불통 대통령 덕분에 국어 공부를 거리에서 하는구먼!"

학생들은 시조를 인터넷에 퍼 나르기도 하면서 본래의 시조를 찾아 읽기도 했다.

시위대는 마침내 명박산성 컨네이너 차단벽에 맞서 이른바 '국민토성'을 쌓기 시작했다.

"컨네이너 쌓아 놓으면 못 넘어갈 줄 알고? 필요는 발명의 어머니!"

시위대는 모래 실은 트럭에서 비닐봉지와 종이 상자에 모래를 담아 운반하거나 인근 공사장의 모래주머니를 이용해 모래를 날랐다. 마침내 차단벽 위까지 걸어 올라갈 만큼 '국민토성'이 높아지자 몇십 명의 시민들이 위로 깃발을 들고 올라가 시위를 벌이기도 했다.

"청와대 문 닫은 채 꼭꼭 숨어 있지만 말고 광화문 광장에 나와서 국민들 말을 좀 들어보시오!"

시위대의 외침에도 불구하고 청와대 문은 끝내 열리지 않았다. 텔레비전에선 청와대 뒷산에 올라가 강물처럼 굽이치는 시위대의 촛불을 지켜보는 대통령의 모습과 앞으로 마음을 다스리면서 더욱 국민을 편안히 모시겠다는 그의 말이 되풀이되어 나왔다. 그러나 얼마 지나지 않아 대통령의 말은 위기의 순간을 넘기기 위한 입에 바른 소리로 판명 났다.

"그럴 줄 알았어! 국민을 편안히 모시겠다고? 이게 편안히 모시는 거야? 내 참, 국민을 뭐로 보는 거야?"

나는 고민했다. 고등학교에 들어갔으면 당장 대학 갈 일을 고민해야 하는데, 나는 대학은커녕 고등학교도 다닐지 말지를 고민해야 했다. 광장에 촛불이 켜지면서 내 의식 속에도 촛불이 켜지기 시작한 것이다. 더구나 혼미한 정국만큼이나 내 머릿속도 터질 듯하여 대한민국의 일반적인 고등학생으로 살아가기가 쉽지 않은 상태였다.

머릿속에선 시도 때도 없이 늘 여름날의 극성스런 매미 울음소리 같은 소음이 시끄럽게 들려왔다. 가슴이라고 온전할 리 없었다. 가슴은 방망이질로 두근두근하였다. 처음엔 내가 이명 현상을 겪는가 싶었다. 하지만 이명이 아니었다. 그렇다고 심장병도 아니었다.

사람들은 시위를 놀이로 이끌었다. 그래서 촛불 시위가 촛불 놀이가 되었다. 나아가, 애초 광우병으로 촉발된 시위였지만 점차 사회 전반의 문제까지 들먹이게 되었다.

처음엔 촛불 소녀라는 말이 보여주듯이 나이 어린 여학생들의 문제 제기로 시작한 촛불 시위였는데 아기를 유모차에 태운 이른바 유모차 부대가 등장하고 회사원이라는 넥타이 부대까지 등장하는 등 시위대 규모가 불어나고 촛불 정국이 길어지자 사람들은 마침내 헌법을 들고 나왔다. 헌법 1조 1, 2항의 내용인데, 그걸 노래로 만들어 누구나 읊조리고 다녔다. 딱딱한 법조문이 노랫말로

통하다니!

　　대한민국은 민주공화국이다~

　　대한민국의 주권은 국민에게 있고~

　　모든 권력은 국민으로부터 나온다~

　법이란 아주 당연한 사실을 문자로 적어놓는다. 그래야 사람들이 그걸 지키는 시늉이라도 하기 때문일 것이다. 더구나 헌법은 국가의 기본 원리가 되는 것이나 국민의 권리 의무 따위를 문자로 적어 나열해놓은 최고 법이다. 그런데 이게 노래로 불리고 있었다. 그만큼 가장 기본적인 게 지켜지지 않고 있다는 역설이었다. 금지하는 것을 금지하라는 말, 대한민국 헌법에 딱 들어맞는 말이었다.

　우―우―우―.

　아직 소녀티를 벗지 않은, 그야말로 촛불 소녀라는 말이 어울리는 여자애 하나가 앞으로 나와 두 손을 모아 입에 대고 손나발을 만들어 소리를 질렀다. 사람들이 그 소리에 귀를 기울이더니 그녀가 외치는 소리를 반복적으로 따라했다. 소리뿐만 아니라 주먹으로 공중을 찌를 듯이 하다가 아래로 내리는 손동작도 따라했다.

　아스라하게 먼 옛날 생각이 떠올랐다. 광장, 촛불, 시위대, 촛불 소녀, 미친 소, 앞뒤 다 막힌 것처럼 굴던 그 옛날 이 씨 정부 사람들……. 10년이 흘러갔단다. 10년이라는 세월이 얼마나 되는지 나는 모른다. 다만 내가 그만큼 나이를 먹은 건, 확실하겠지.

그때, 봄날이었지.

그해 봄날, 아버지 어머니의

아버지 어머니한테서 들은, 또 독서 모임 때 책에서 읽은, 지난날의, 흔히 그해 봄날이라고 일컬어지는, '광주 5·18'에 대해 이런저런 생각을 하며 마을에 들어섰다.

사람의 기억은 시간이 지나면 믿을 것이 못 되는 경우가 많다. 재구성되기 때문이다. 처음엔 남의 말을 들어 알게 된 것도 자꾸만 듣게 되면 내가 직접 겪은 것 같아지고, 책을 읽어 지식으로 안 것도 시간이 지나면 어느새 내가 실제로 겪은 것처럼 착각하게 된다.

어떤 경위로 알게 되었든, 이른바 그해 봄날의 일은 내가 온몸으로 겪은 것처럼 몸이 저릿저릿하기도 하다. 직접 체험하지 않고 간

접으로 겪어도 몸이 반응을 하는데 직접 겪은 사람들의 몸은 어떻겠는가?

그래서 난 다른 이야기는 몰라도 아버지 어머니가 광주의 봄날 이야기를 할 때면 다 아는 일이라도, 이미 수차례 들은 일이라도, 마치 처음 듣는 이야기인 것처럼 아무 말 없이 다소곳이 들어주었다. 그때만큼은 좋은 자식, 좋은 아들로 돌아갔다. 부모님이 반복해서 그때의 이야기를 하는 건 어쩌면 자신들의 온몸을 짓누르고 있는 무거운 기억의 바윗덩이를 계속 밀어내는 것인지도 모른다는 생각이 들었다. 말은 몸속에 갇혀 있던 기억을 밖으로 밀어낸다. 그래야 사람은 살 수 있는지 모른다. 부모님도 그랬을 것이다. 어쨌든 아버지 어머니의 이야기를 통해, 그해 봄날 부모님이 체험한 일은 이제 내 이야기도 된다!

내가 태어나기도 훨씬 전, 어느 해 봄날 일어난 일이란다. 아버지가 아직 대학을 다니고 어머니가 고등학교를 졸업하고 이제 막 직장을 다니기 시작했을 때의 일이었단다. 도시 이름에 들어 있는 '빛 광(光)' 자 때문에 나중에 '빛고을'이라고 불리게 된 광주에 난리가 일어났다. 난리도 그런 난리가 없었단다. 그도 그럴 것이 적과 싸워야 하는 국민의 군대라는 조직이 적과 싸우지 않고, 시민을 적으로 보고 전투를 벌였기 때문이다.

싸움은 총을 든 군인들과 맨주먹뿐인 시민들 사이에서 벌어지기 시작하였다. 그 전에 대학생들의 평화적인 시위를 폭력으로 대한 군인들이 먼저 있었다. 군인들은 이미 싸울 준비를 하고 있었는지 모른다. 거기에 대학생들이 막아섰고, 이어 시민들이 뛰어든 셈이다.

시민들은 대학생 또래의 젊은이면 앞뒤 따지지 않고 무작정 쥐어 패고 찌르는 군인들을 보자 치가 떨렸다.

"뭔 짓이단가? 불문곡직하고 패기부터 하네잉!"

"오메, 저것들이 시방 사람이여 뭐여?"

"뭣이여? 시방 군인들이 맨손인 젊은이들을 상대로 무기 들고 와서 싸움을 하자는 것이여?"

군인들이 저지르는 짓을 목격한 어른들은 기가 막혔지만 일단은 자기 자식들을 단속하기에 바빴다.

"그란께 니는 밖에 나가지 말고 집에 있어라잉."

"이랄수록 밖에 나가서 저것들을 몰아내 버려야제라잉. 집구석에 앉아서 당할 수만은 없는 것 같은디라."

"너 혼자 그란다고 군인들이 몰아내지기나 허겄냐?"

"나 혼자가 아녀라잉. 벌써 허벌나게 많은 사람들이 모여 있단께요."

집집마다 부모들은 젊은 자식들을 집 안에 붙잡아 앉히느라 승강이를 벌여야 했다. 그런데도 몇만, 몇십만의 젊은이들이 거리로 뛰쳐나왔다. 나중엔 부모도 어쩔 수 없었다. 자신들도 가만히 있을 수 없었기 때문이다.

아버지는 그때 그 도시의 한 대학 졸업반이었다. 어머니는 그해 봄 여자 상업고등학교를 졸업하고서 바로 그 지역의 조그마한 회사의 경리 사원으로 취직하여 다니고 있었다.

그러니까 나는 아직 두 분이 만나기 전이라, 두 분이 섭취한 음식물 속에도 내가 될 유전자가 안 들어가 있을 때였다. 부모님이 먹은 시금치 줄기, 콩나물 대가리, 김치 이파리 할 것 없이, 그 어디에고 나는 아직 들어 있지 않을 때였다. 그럼에도 그때 이야기를 아버지 어머니한테서 하도 많이 들어서 마치 내가 겪은 일처럼 여겨졌다. 내가 나고 자란 서울의 또래 아이들은 그때 일을 '동학농민혁명'이나 '6·25 한국전쟁' 정도로 먼 옛일처럼 느꼈지만 나는 바로 지난주나 지난달에 일어난 일처럼 가까이 느끼고 있었다.

"노인들 말 들으믄, 숭악한 전쟁인 육이오 때도 오고가고는 했다는디, 시방은 오고가도 못 한다는 게 말이 되는 거여?"

"징한 일이구만. 군인들끼리 싸워도 같은 민족이 싸우믄 넌세스러워 겁나게 거시기헌 일인디, 군인하고 일반 시민하고 싸우게 생겼네잉. 그라믄 이 싸움은 해보나 마나 아녀? 애초에 승부가 정혀진 싸움이단께! 참말로 징한 일이구먼!"

아버지는 그때 시위대를 따라다니며 지방 신문사 벽에 붙은 영어 신문을 사람들에게 읽어주기도 하고, 나중엔 예비군 무기고 같은 데서 풀린 무기를 회수하는 일을 하였단다. 아버지는 물론, 시민들 대부분은 미국이 가만히 있지 않으리라는 순진한 생각을 하고 영어 신문을 열심히 들여다보았다.

"한국은 미국이 하라는 대로 하는 처지인디, 아무리 군인들이 정권 잡았다고 미국이 군인들한티 이렇게 난리 치라고 시켰겄어? 조만간에 미국에서 무슨 조치가 있겄제."

"아무리 군인들이 총을 쏘아대지만, 어린 고등학생들까지 총을 드는 건 쪼깐 거시기헌 일이여."

"우리가 할 수 있는 일은 일단 풀린 총부터 거둬들이는 일입니다."

손에 총기를 나눠 쥔 고등학생들은 군사 훈련 시간에 입는 교련복을 군복 대신 입었다. 학교에서와 달리 목총이나 플라스틱 총이 아닌 실제 총을 만지게 되자 무척 신기해했다.

"이것이 진짜 총이라는 것이제? 장난감이 아닌 것이제? 내 손에도 총이 있은께 인자 군인들이 한나도 안 무섭단께."

"저것들이 한 방 쏘믄 우리도 같이 한 방 쏴불믄 되제."

이미 대학 1학년 때 교련 과목 명목으로 군인들과 똑같이 머리를 빡빡 깎고 군부대에 입소해 열흘이나 군사훈련을 받은 경험이 있는 아버지는 군인들이 가진 총보다 고등학생들에게 풀린 총이 더 두려웠단다. 군인들은 총 다루는 법을 알지만 고등학생들은 총을 다룰지 몰라 자신의 뜻과 상관없이 총기 사고가 날지 몰라서였다. 그러나 기우였다. 나중에 보니 허가 받은 총잡이들이 더 무서웠던 것이다. 군인들은 어디에 어떻게 쏘아야 하는지를 알고 있어서 효과적으로 총질을 해댔다. 하지만 고등학생들에게는 진짜 총도 그저 장난감일 뿐이었다. 아직 군대 경험이 없어 진짜 총을 어떻게 다룰지 몰라 가지고만 있을 뿐이지 실제로 쏘진 못했다.

어쨌든 총기를 회수하고자 하는 아버지는 물론, 총기를 가지고 있는 고등학생들도 군인들이 보기엔 똑같은 폭도였다.

"폭도 여러분! 불법으로 무기를 가지고 있으면 안 됩니다. 무기는 국방의 신성한 의무를 지고 있는 군인들만 가지고 있어야 합니다. 빨리 무기를 반납하고 가정으로 돌아가시기 바랍니다. 선량한 시민도 무기를 가지고 있으면 폭도 취급을 당합니다. 빨리 무기를 반납하시기 바랍니다."

시도 때도 없이 헬리콥터는 도시의 하늘을 빙빙 돌며 선무방송을 해댔다. 더불어 '삐라'라고 하는 전단지를 뿌려댔다. 졸지에 아버지는 나라에서 인정한 '공인 폭도'가 되고 말았다. 아버지는 술 한잔 걸치고 옛날이야기를 할 때마다 허허롭게 웃었다.

"내가 그해 봄날엔, 말하자면, 정부에서 인정한 국가 공인 폭도였다니까! 허, 참! 진짜 폭도들은 군인들이었는데……. 하긴 자기들이 폭도니까 일반 시민들을 폭도 취급했겠지. 돼지 눈에는 돼지만 보이고, 부처님 눈에는 부처님만 보인다는 말도 있잖아."

아버지는 그때 일을 꺼낼 때마다 허허롭게 웃으면서 마치 남의 일 말하듯 우스갯소리처럼 했다.

폭도 운운하는 헬리콥터를 보자 시민들은 억장이 더 무너졌다.

"신성한 국방의 의무라고야? 무기는 신성한 국방 의무를 지고 있는 군인들만 가지고 있어야 한다고야?"

"누가 폭도인지 모르겄네잉. 지들이 먼저 싸움을 걸어놓고선 인자 뒤집어씌우는 것 잠 봐라잉. 뻔뻔시럽기는!"

시민들은 헬리콥터가 도시의 하늘을 빙빙 돌며 선무방송을 하면 할수록 더 흥분했다. 그래서 헬리콥터를 향해 종주먹을 들이대기도 하였다. 물론 그쪽에선 이쪽에서 하는 말을 알아들을 리가 없었다.

"에이씨! 내한티도 총만 한 자루 있으믄 저놈의 헬리콥터를 한 방에 쏴서 아무 소리 못 허게 하겄구만잉!"

헬리콥터는 시민들의 마음이 어쩐 것인지 알 바 아니라는 투로 계속 선무방송을 해댔다.

"광주 시민 여러분! 지금 여러분 주변엔 폭도들이 무기까지 습득, 무장을 하고서 선량한 시민들을 위협하고 있습니다. 국민의 군대는 절대로 시민을 향해 발포하지 않습니다. 선량한 시민 여러분! 무장 폭도들을 조심하기 바랍니다! 다시 말씀 드리지만 우리는 국민의 군대입니다. 우리는 선량한 시민 여러분의 목숨과 재산을 책임지고 있습니다."

시민들은 기가 막히다 못해 분이 나서 집에 있지 못하고 거리로 뛰쳐나왔다.

"국민의 군대라고야? 저것들이 시방 거짓부리를 아주 노골적으로 내놓고 하고 있네잉! 느그가 우리의 목숨과 재산을 책임지고 있다고야? 국민의 군대는 절대로 시민을 향해 발포하지 않는다고야? 아나, 징헌 놈들아. 혓부닥에 침이나 바르고 거짓말 하든가 말든가 해라잉. 또 눈이나 가리고 아웅해라! 뻔뻔시러운 놈들 같으니라고!"

"가심에 열불이 나서 집 구석지에서 저놈의 소리 못 듣고 있겄구만! 누가 폭도여 시방? 지들이 폭도 짓 함시롱! 시방 어따 뒤집어 씌우고 있댜!"

"도청으로 갑시다!"

"이런 때일수록 뭉쳐야 합니다!"

젊은이들은 물론 젊은 자식을 집에 붙잡아두려던 어른들까지 헬리콥터의 선무방송에 되레 열이 뻗쳤다. 그래서 광주의 모든 거리는 집 밖으로 쏟아져 나온 시민들로 인산인해를 이루었다.

어머니의 직장은 시내 중심가에 있었지만 5·18 초기엔 직원 모두 정상적인 근무를 했다. 그러나 군인들이 몰려온 지 며칠 되면서는 사무실 문을 닫아야 했다. 위험을 무릅쓰고 근무를 할 수가 없어서였다.

"오메, 요 꼬라지가 시방 뭐란가? 자네 왜 그려?"

외근 나갔다 회사로 돌아온 직원 하나의 몰골이 엉망이었다. 얼굴이 피범벅이었고 윗옷은 찢어져 있었다. 그래서 직원 하나가 그를 보고 물은 것이다. 누구든 묻지 않을 수 없는 모습이었다.

"금남로 지나느라 횡단보도 건너는디 뒤에서 군인이 곤봉으로 때리길래 걸음아 나 살려라 함시롱 죽자 사자 도망쳐서 뽀도시 회사로 돌아왔구만이라잉."

"뭣이여? 군인이 곤봉으로 때렸다고? 아무 이유도 없이 때렸을까? 아닌 것 같은디……. 자네도 데모했는가?"

"데모는 무슨……. 거래처 갈 일이 있어 부지런히 내 갈 길을 그냥 가기만 했구만요."

"저런, 천벌 받을 놈들!"

그 직원은 오랫동안 분이 풀리지 않아 씩씩거렸다. 어머니는 그때 신입 말단 직원이라 발만 동동 구르며 안타까워할 뿐 어찌해야 하는지 몰랐다. 그저 퇴근 때 어찌해야 하는지, 그게 가장 걱정이었다.

"이따 퇴근은 으찌께 해야 한다?"

"지금 퇴근이 문젠가? 오메, 징한 것! 이 피 잠 봐!"

선배 직원 하나가 젊은 직원의 얼굴에서 계속 흐르는 피를 닦아주며 놀란 소리를 냈다.

어머니 사무실은 그날 이후 문을 열지 못했다. 시내 중심가에 있어 쉽게 오고 갈 수도 없었지만, 무엇보다도 태연히 업무를 보고 있을 수가 없었다. 사무실 밖 거리는 이미 펄펄 끓는 용광로나 다름없었다.

"이 판국에 일이 다 무슨 소용이다냐!"

젊은 직원들은 자리를 박차고 나가 시위대 속으로 섞여 들어갔다. 부장은 물론 사장도 아무런 소리를 하지 않았다. 다들 말은 안 하지만 그래야 하는 것으로 동의해주고 있었다. 서로서로 침묵으로 인정하였다. 침묵이 결국 함성 소리보다 더 크다는 걸 그때는 미처 몰랐다.

어머니는 무척 소심한 성격이었다. 더구나 내성적이기까지 해서 초, 중, 고등학교를 다니는 동안 남 앞에 한 번도 나선 적이 없단다. 학급 회의 같은 것을 할 때도 의견 같은 걸 내본 적이 없단다. 그런 성격의 소유자인 어머니가 시위대 무리 속으로 섞여 들어가자 자신도 모르게 남이 외치는 소리를 같이 외치고 있었다니, 믿어야 할지 말아야 할지……. 그러한 의문도 잠시, 나 같아도 그런 상황이었으면 자연스레 무리에 섞여 들어가 남들 하는 대로 따라했을 것 같다. 그렇다면 어머니의 행동을 믿는다는 데에 한 표를 얹을 수밖에 없다.

"군은 군대로! 학생은 학교로! 시민은 직장으로!"

"쟁취하자, 민주주의!"

"짓밟지 말라 군화발로!"

"민주화 일정 밝혀라!"

"민주 인사 풀어주고, 양심 학생 내놓아라!"

어머니는 시위대의 선두에 서서, 사람들에 떠밀려 입에 손나발을 대고 외치기도 하였다.

나중에 어머니는 어디에서 그런 용기가 났는지 모르겠다고 고개를 절레절레 흔들며 여러 차례 말했다.

"나가 아직 어릴 땐디, 어째서 그런 행동을 혔는지, 지금 생각혀

봐도 아리송허단께. 한편으론 신통방통하기도 허고. 어릴 땐디 말이여……."

그날 아버지와 어머니는 거리에서 여러 차례 마주쳤다고 한다. 많은 사람들 사이에서 두 사람이 자주 마주치게 된 건 어머니의 특별함 때문이었단다. 이 부분은 두 분의 기억이 완전히 일치한다.

어머니는 병원에서 부상자 치료를 위해 시민들의 피를 받자 자발적으로 찾아가 여러 차례 헌혈을 했단다.

그때 아버지는 총기 회수반에서 나와 병원의 헌혈반에서 헌혈자들의 뒤치다꺼리를 돕고 있었다.

아버지가 어머니를 기억하고 걱정스레 물었단다.

"음마, 아가씨는 아까 헌혈 했음시롱 또 하러 왔소?"

어머니는 아무렇지도 않게 태연히 대답했단다.

"나가 젊은께 금세 또 피가 생겼을 것이요. 또 빼도 암시토랑 않을 것인께 얼른 접수해주쇼."

"젊은께 금세 피가 생기긴 허겄지만 조금이라도 어지럽거나 하믄 그만하쇼. 몸피도 약해 보이는구먼, 너무 무리하는 것 아닌가 싶소잉."

아버지의 걱정에도 불구하고 어머니는 헌혈반 앞으로 나가 팔을 쭉 내밀었다고 한다. 어머니가 헌혈을 여러 차례 하러 오자 아버지도 어머니가 병원에 나타날 때마다 어머니랑 같이 헌혈을 했단다.

아버지는 가냘픈 아가씨의 당당함이 좋았고, 어머니는 그 와중에서도 자신을 걱정해주는 청년이 좋았다나 어쨌다나. 그 다음 얘기는 뻔하고 뻔한 옛날 한국영화나 텔레비전 연속극 속의 사랑 이야기라 더 들을 것이 없다.

어쨌든 그런 얘기가 다 내가 태어나기 전 일인지라 나는 조금은 전설로 알고 들었다.

피의 열흘이 끝나자마자 그 도시의 바람과 햇살과 빗물을 다 겪은 김준태 시인은 열흘의 참상과 사람들의 염원을 〈아아 광주여! 우리나라의 십자가여!〉라는 시에 담았다. 그 시는 나중에 그 도시의 신문에 부분 부분 검게 지워진 채 발표되었다. 아버지는 광주 이야기를 할 때면 늘 그 시의 한 대목을 읊조렸다.

(…)/우리들의 아버지는 어디로 갔나/우리들의 어머니는 어디서 쓰러졌나/우리들의 아들은/어디에서 죽어서 어디에 파묻혔나/우리들의 귀여운 딸은/또 어디에서 입을 벌린 채 누워 있나/우리들의 혼백은 또 어디에서/찢어져 산산이 조각나 버렸나/(…)

그해 봄날은 그렇게 갔단다.

종다리, 긴바지, 갈증

오늘 하루가 무척이나 길었다는 생각까지 하다 보니 어느새 마을 한복판을 지나고 있었다. 마을을 지나며 보니 어느 집 담벼락에 빛바랜 페인트 글씨가 오래전의 일을 희미하게나마 아직도 새기고 있었다. 구호 내지 선전 글귀의 표어였다.

'반공'

'방첩'

'반공, 방첩이라……. 공산주의를 반대하고 간첩을 막자는 얘기

인데……'

'반공, 방첩'을 풀어 쓴 듯한 표어가 가정집 담벼락에서 시작하여 마을 회관 건물 벽으로 이어져 있었다. 나는 한 자 한 자 입안에 새기듯 읽어냈다. 세월이 흐른 만큼 시간의 풍화작용을 못 이기고 글씨 역시 많이 바랬지만 눈을 조금 크게 뜨고 집중하니 다 읽어졌다.

지금 보면 어이가 없어 웃음이 나는 표어지만 그 당시의 권력자들에겐 꽤나 절박한 구호였던 것 같다. 표어를 보니 그들이 기대어 힘을 유지하고 있는 게 무언인지 저절로 알게 되었다.

'어둠 속에 떨지 말고 자수하여 광명 찾자'
'의심나면 다시 보고 수상하면 신고하자'
'범죄 신고는 112 간첩 신고는 113'
'이웃집에 오신 손님 간첩인가 살펴보자'
'승공만이 살길이다 북진통일 이룩하자'

구호 같은 표어를 보니, 그때만 해도 간첩이 많았던 모양이다. 어쩌면, 권력자들 처지에서 보면 간첩이 많아야 했는지도 모른다. 없는 간첩도 있는 것처럼 만들던 때란다. 어쨌든 그때 권력자들은 간첩 덕분에 국민을 지배하며 살 수 있었는지 모른다. 묘한 역설이다. 간첩이 있어야 권력을 누릴 수 있었다니!

1960년대에서 1970년대면 1950년에 시작한 6·25 한국전쟁이 끝난 지 얼마 안 된 때이기도 했다. 그러기에 숨어서 어둠 속에서 떨지 말고 자수하여 빛을 되찾자 했겠지. 뿐만 아니라 이웃 손님이라도 간첩으로 의심이 가면 곧바로 신고하라 하면서 간첩 신고 전화번호까지 친절하게 안내하고 있으니, 정부가 할 일은 오로지 간첩 잡는 일이었던 모양이다. 아니면, 이웃간에도 불신의 마음을 심어줌으로써 서로가 서로를 의심의 눈초리로 보게 함으로써, 자신들의 지배력을 더욱 단단히 구축했으리라.

독서 모임 때 읽은 어느 책에 따르면, 구호가 많은 세상은 덜 발전한 세상이라 한다. 지배 대상을 계몽 대상 내지는 훈육 대상으로 알고 지배자들이 자신들의 목적에 맞는 구호를 만들어 세뇌시키는 것이므로.

그럼에도 그때는 북진통일이란 말은 정부에서 나서서 먼저 써도 괜찮은 모양이었다. 지금은 북진통일이든 뭐든 통일이라는 말 자체를 쓰면 안 된다. 그런 말을 쓰면 '빨갱이'니 '종북'이니 하며 아주 몹쓸 인간으로 몰린다. 많은 사람들은 내놓고 남북한 통일을 원하지 않는다고도 한다. 그래서 이 씨 정부가 들어선 뒤부턴 남북

교류고 뭐고 하지 않았다. 금강산 관광이고 개성공단이고 다 전 정부에서 벌인 일이니까 이 씨 정부에선 앞뒤 이유 막론하고 막무가내로 안 한다고도 했다. 남한에 얼마나 유리한지 섬세하게 따져볼 필요도 없단다. 그런 일은 무조건 북한 퍼주기일 뿐이고, 빨갱이들과 종북주의자들이 하는 짓이란다.

빨갱이와 종북, 지금의 대한민국에선 맘에 안 드는 이가 있으면 무조건 공산주의에 물든 빨갱이와 북한을 추종하는 종북주의자라고 해버리면 그만이다. 빨갱이와 종북은 지금 정치꾼들만의 용어가 아니다. 일상의 용어가 되어 있다. 아이돌 가수 그룹이 맘에 안 들면 빨갱이라고 하면 된다. 심지어는 군대 안 갔다 온 정치꾼이 군대 갔다 온 시민운동가에게 쉽게 종북 딱지를 붙여도 아무렇지 않게 통하는 사회가 지금의 대한민국이다. 말의 쓰임은 사회가 변함에 따라 바뀐다지만, 빨갱이와 종북은 시방 참으로 편리한 말이 되어 있다.

간첩 역사가 긴 걸 보니, 예전에는 빨갱이나 종북이라는 말 대신 간첩이라 한 모양이다. 이런 시골 마을에 와서까지 빨갱이와 종북을 떠올리게 되다니……. 생각해보니 어이없다. 어이없는 나? 간첩? 빨갱이? 종북? 픽 웃음이 나왔다. 어느새 나도 스스로 검열을 하는 모양새를 취하고 있었다.

마을을 빠져나오다 보니 마을 구판장 역할을 하는 구멍가게 벽에도 민가 담벼락과 마을 회관 벽에 씌어 있던 내용들이 적혀 있었다. 모두들 한물간 표어들이다.

또 이 마을에선 매월 말일이 쥐 잡는 날이었는지 구멍가게 벽엔 그날이 표기되어 있었고 사람 해골에 가위표를 친, 독극물 표시가 된 쥐약이 우스꽝스럽게 그려져 있었다. 아마도 마을 구멍가게에서 쥐약을 팔았던 모양이다.

아버지 말에 따르면, 옛날엔 송충이 잡는 날도 있었고 회충약 먹는 날도 있어서 초등학교 다닐 때 걸핏하면 산으로 송충이 잡으러 가고, 똥 봉투를 학교에서 나누어주었단다. 하지만 송충이 잡는 날이나 회충약 먹는 날 같은 것까지는 안 씌어 있었다.

'매월 말일은 쥐 잡는 날'
'사람 약은 약국에서, 쥐약은 농약사나 구판장에서'

지금은 분명 21세기이다. 그런데도 20세기, 그것도 1960년대, 1970년대의 새마을 시대와 유신 독재 시대 표어가 곳곳에 남아 있다는 게 너무 신기했다. 아련한 추억이라고 하기에는 무시무시한 내용을 담고 있는 표어들. 빛이 바래기는 했지만 강조할 곳은 빨강

페인트로 씌어 있어 어렵지 않게 읽을 수 있는 옛날 표어들. 자세히 보니 하나를 더 읽을 수 있다. 아이 적게 낳는 걸 권하는, 즉 산아제한 표어였다.

'아들딸 구별 말고 둘만 낳아 잘 기르자!'

나는 갑자기 타임머신을 타고 옛날로 돌아가 있는 것 같은 착각이 들었다. 버스 타고 도시를 벗어나 시골에 오니 바로 옛날이었다. 버스가 타임머신 역할을 한 셈이다.

산아제한 표어보다는 '매월 말일은 쥐 잡는 날'이라는 표어가 묘한 기분을 자아냈다. 내가 촛불 집회에 나갈 때, 그때는 쥐로 불리어지는 이가 대한민국의 버스 기사, 아니 대통령 직을 맡고 있었다. 그렇기에 나도 따지자면 쥐 잡으러 나간 꼴이 되었다……

버스 기사의 얼굴 생긴 것만 가지고 쥐라고 하지는 않을 것이다. 쥐의 특성을 그가 십분 발휘하기에 국민 모두들 그를 쥐에 빗대어 불렀던 것이다. 오죽하면 대통령 '씩'이나 되는 사람을 국민들이 쥐에 빗댔겠는가?

그의 별호가 쥐가 된 건 그가 대통령에 당선되자마자 그의 무리에 있던 인사가 영어 교육을 강조하면서 일찌감치 예고를 했다. 정권인수원회인가 하는 조직에 있던 인사 하나가 '오렌지'는 현지에서 '어린지'라고 해야 알아듣는다며 앞으로 영어 교육을 그렇게 하겠다고 하였다. 그런데 하필 그 무렵 새우깡인가 하는 어떤 과자 봉지에서 죽은 생쥐가 나왔다. 사람들은 '어린쥐, 어린쥐' 하니까 과자 봉지에서조차 생쥐가 나왔다며 '어린지'를 '어린쥐'라 발음하며 아예 이 씨 정부를 쥐 정부라 이르게 되었다. 그런 과정을 거치게 되어 그 정부의 우두머리는 자연스레 쥐가 되었다. 그로선 무척 억울하겠지만 국민들이 그렇게 부르기를 좋아해서 어쩔 수 없었다.

내 알기에, 쥐는 사람 눈에 띄지 않는 구석의 창고와 마당 한쪽의 하수 구멍에 살며 곧잘 알곡을 쏠아놓는다. 그래서 당당하지 못하단다. 음습한 곳에서 앙큼한 짓만 골라 하는 게 쥐란다. 쥐의 속성은 옛날이나 지금이나 마찬가지인 것 같다. 그래서 옛날에도 쥐를 잡자고 했겠지!

어이없는 일은 이런 궁벽진 시골에 와서 쥐 잡자는 옛날 표어를 봤다는 것이다. 참으로 역사가 묘하게 되풀이 되고 있었다. '사람 약은 약국에서, 쥐약은 농약사나 구판장에서' 사라는 표어도 의미심장했다. 쥐약은 농약사나 구판장에서…… 그래, 쥐 퇴치하는 약은 그런 데서 팔겠지…… 아무리, 사람 약 파는 약국에서 쥐약까지 팔겠어. 옛날에도 그랬던 모양이구나…….

사람들은 자신의 욕망을 더 사랑했기에 이 씨를 밀었다. 부자가 되고 싶은 욕망. 어떤 과정을 거치더라도 결과적으로 부자이면 그만인! 그래서 그에게 대한민국 버스의 운전을 맡긴 것이다.

'어린쥐' 사건이 있긴 했지만 사실 그는 쥐라는 별호를 얻지 않을 수 있었다. 자신들이 어떤 마음으로 뽑았든, 대통령을 쥐라고 부르는 게 편하겠는가. 그러나 그는 대통령에 취임하자마자 국민들의 기대를 사정없이 저버렸다. 국민들의 눈치를 전혀 보지 않고 자기가 하고 싶은 대로 말하고, 행동하였다. 그러니 누군들 그를 좋아하겠는가. 대통령이 쥐로 불리는 것도 딱한 일이지만, 누구를 원망할 수도 없게 만들었으니, 이런 경우를 '자업자득' 내지는 '제 무덤 제가 판 격'이라고 하는 모양이었다.

밭둑을 지나 논길로 접어들자 제법 널찍한 농로가 나왔다. 딸딸이라고 하는 경운기나 리어카라고 하는 손수레 같은 것 정도는 충분히 지나다니고도 남을 만큼의 폭이었다.

농로 가장자리엔 쑥이며 질경이 같은 것들의 싹이 파릇파릇 돋아나고 있었다. 일부러 사람이 심어놓지 않았는데도 때를 알고 얼굴을 내미는 것들이었다.

논엔 물이 찰랑찰랑 차 있었다. 모내기 물을 잡아놓은 듯했다. 하지만 논에 나와 일을 하는 사람은 보이지 않았다. 아마 아까 들은 울음소리로 미루어 보아 웬만한 어른들은 다 그 집에 가 있는지 모를 일이었다.

여자아이들 몇 명만이 조그마한 플라스틱 소쿠리를 옆에 끼고 다닐 뿐이었다. 아이들 소쿠리엔 씀바귀며 달래 같은 것이 들어 있었다. 아이들은 낯선 사람을 보아도 전혀 거리낌이 없었다. 외려 내가 민망해 아이들과 눈을 마주치지 않으며 지나가려 애썼다.

그때 마침 종다리 한 마리가 푸른 하늘로 솟구쳤다. 내 눈길은 자연스레 종다리가 있는 하늘 쪽을 향했다. 파란 하늘이 파란 그만큼 허허롭게 느껴졌다. 종다리는 파란 하늘을 거침없이 맘껏 날았다. 공중에서 종다리의 진행을 막는 건 아무것도 없었다. 아이들은 종다리의 비상엔 별 관심이 없었다. 하긴 그들로선 늘 보던 풍경이었을 텐데 새삼스레 무슨 관심을 갖겠는가.

사람이 죽으면 혼불이 안방에서 나와 그 집 지붕 위로 올라간단다. 그런 뒤 자신이 살던 마을을 돌아보고 하늘로 올라간단다. 그럼 혹시? 나는 종다리가 울음을 자아내게 했던 인물의 혼불이 아닌가 싶은 상상을 했다. 그러나 사람이 죽어 금세 새가 되겠는가? 하지만 지금쯤 그 혼불이 자유롭게 하늘을 날고 있는지는 모르겠다. 저 종다리처럼.

아이들은 나물 소쿠리를 옆구리에 끼고서 까르르까르르 웃어댔다. 웃음소리가 거침이 없었다. 자신들은 의식을 못하겠지만, 내 보기엔 종다리의 거침없는 비행만큼 거침이 없었다. 아이들은 이어 또르르또르르 재잘거리며 논둑 사이를 뛰어다녔다. 뛰는 품도 거침이 없었다. 나는 한참 동안 거침없는 아이들을 물끄러미 바라보았다. 나도 한때는 모든 움직임에 아무런 선입견이 들어박히지 않고 거침이 없었을 텐데, 어느 순간부터는 작은 것 하나도 의식하며 거기에 붙들려야 하는 처지가 되고 말았다.

갈증이 났다. 산길로 들어서는 길목 어귀에 흐르는 도랑물에 엎드려 입을 축였다. 서울 주변 산에선 아무리 갈증이 나도 산 계곡에 엎드려 그 물에 입을 적시는 이가 없다. 다들 생수병을 들고 오거나, 오이나 사과처럼 수분이 많은 것을 배낭에 담아와 갈증이 일 때마다 꺼내 먹는다. 그러나 여기 도랑물은 다를 것이다. 서울 물하곤 다를 것이다. 아무리 서울슈퍼 간판이 달려 있지만 도랑물만큼은 서울하곤 달리 먹어도 될 것이다. 물론 이건 내 추측이다. 나는 내 생각대로 그냥 도랑물에 엎드려 물을 입에 머금었다.

그런데 그런 이유보다 나는 도랑물에 입을 대는 나를 보고 놀랐다. 도저히 있을 수 없는 일이었다. 가족들하고도 같은 물통이나 물잔도 쓰지 않은 나였다. 그런데 도랑물에 엎드려 입을 적시다니!

입에 물을 머금고 하늘을 쳐다보는 그 순간에도 종다리는 긴 원을 그리며 하늘을 돌고 있었다. 가물가물한 종다리 모습 위에 아까 헤어진 긴바지의 모습이 어렴풋이 겹쳐지는가 싶었다. 이제 긴바지의 모습이 더 크게 보였다. 그 사이 종다리는 어느새 산 쪽으로 날아가 버렸다. 종다리가 날아간 산 쪽을 쳐다보니 산 중턱에 '입. 산. 금. 지'라는 글자가 하나씩 씌어 있는 간판이 서 있었다. 내 눈에 하나씩 따로 서 있는 간판의 글씨는 '지. 금. 입. 산'으로 읽혔다.

나는 마침내 산길로 들어섰다. 산길 들머리에는 바닥 페인트가 들고 일어난 입간판이 가까스로 비듬히 서 있었다.

'자나 깨나 불조심'

나도 모르게 웃음이 픽 나왔다. 내 안의 불을 끄려고 산에 온 셈인데, 어찌 알았는지 자나 깨나 불조심하란다. 그 간판 앞을 지나가니 '산불 조심'이라는 간판 하나가 더 서 있으면서 나를 맞아주었다.

내 몸속에 핀 꽃

종다리의 매끄러운 비행을 보자 거침없이 앞만 보고 달리던 독서 모임의 옛 친구들이 떠올랐다. 그들은 그때 저마다 이름이 있었다. 아마도 있었을 것이다. 그런데 어쩌자고 이름 없이 그냥 그1, 그2, 그3이 되고 말았을까? 그리고 나머지 다른 친구들은 어디서 무엇을 하고 지내나? 다른 친구들? 내가 아는 친구의 범위는 여기까지이다. 그런데, 모르긴 몰라도, 아마, 더 되긴 했을 것이다…….

초등학교 때부터 친한 친구 대여섯 명과 함께 독서 모임을 가져왔다. 처음엔 학교 시험의 논술이나 토론 수업에 도움이 될까 하여 친구들 집을 서로 돌아가며 시작한 책 읽기 모임이었다.

독서 모임이라고 했지만 거창하거나 별다른 건 아니었다. 그냥 일주일에 책을 한 권씩 읽고 편하고 자유롭게 의견을 나누고 책의 배경이 되는 지역을 여행하기도 하고 관련 영화를 보기도 했다.

책 읽는 일 자체가 느슨한 일이라 처음엔 독서 모임에 별다른 의미를 두지 않았는데 결과는 생각 이상으로 좋았다. 책을 읽어나가자 다들 전과는 다른 식견이 쌓이고 서로 의견을 나누다 보니 나를 둘러싼 대한민국의 모든 환경이 마뜩지 않았다. 책을 읽어 앎이 늘어나는 만큼 현실의 모든 것이 온통 문제투성이로 보였던 것이다.

학생 자리에 있다 보니 자신이 입어야 하는 교복도 규격에 맞추어 입어야 하고, 내 머리도 내 맘대로 하지 못하고 학교의 규정에 맞게 잘라야 했다. 그것뿐인가. 자율 자가 붙은 '야간 자율학습'도 사실은 선생님의 감독 아래 타율적으로 해야 하고, 보충 수업은 정규 수업의 연장이었다. 나는 이런 모든 것이 나를 옥죄는 것으로 여겨지자 더 이상 학교에 미련을 두고 있을 수가 없었다.

독서 모임 때 읽은 어떤 책에 따르면 1960년대인 프랑스의 68혁명 당시엔 누구보다도 고등학생이 주체였단다. 2000년대의 대한민국에서도 처음엔 학생들이 앞장을 섰다. 그러다 기성세대들도 곧 목소리를 같이했다. 프랑스 68혁명 때도 그랬다지. 아무튼 68혁명 때 거기에 참여한 이들 모두, '저들의 악몽이 우리의 꿈'이라고 했다면서 자신들의 꿈을 이루고자 했다. 하지만 꿈도 상대적인 것이었다. 꿈을 이루게 해주든 꿈을 깨주든 해야 꿈이 꿈일 수 있는데 이 씨 정부는 아예 대응을 하지 않았다. 그럼에도 시위대는 요구했다. '모든 금지하는 것을 금지하라!' 이 말도 68혁명 때 나온말이라지만 대한민국의 2000년대 현실에도 맞는 말이었다. 아니,어쩌면 더 맞는 말인지도 몰랐다.

어쨌든 광장에 촛불이 밝혀졌다. 그 촛불은 내 몸속에도 들어와이윽고 내 몸에도 촛불이 켜졌다. 웅크리고 있던 잠재의식 가운데더는 못 참을 것들이 밖으로 솟구친 것이다. 학생들이기에 금지되는 것이 더 많았다. 하지만 대부분 불필요하거나 부당한 것이었다.나아가 일반 국민들에게도 금지하는 것들이 적지 않았다. 국민들에게도 대부분 불필요하거나 부당한 것인 건 마찬가지였다. 일반인들도 광장에 촛불이 켜지자 다들 '저들의 악몽이 우리의 꿈이다'라고 외치고 싶어진 것 같았다. 그러나 집권 세력은 악몽이 악몽을낳을까 봐 촛불 집회를 탄압하기 시작했다.

나는 고등학교 신입생 처지였지만 학교 가는 일보다 촛불 시위에 더 열심이었다. 광장은 나를 좁은 교실의 답답함으로부터 벗어나게 해주었다. 그게 무엇인지 손에 확실히 잡히지는 않았다. 그러나 확실한 건 광장은 나를 거부하지 않았다는 것이다. 광장에 나가기 시작하면서, 나는 차츰 광장을 닮아갔다.

광장을 처음 나가본 때는 초등학교 때였다. 월드컵 축구 시합 응원을 위해 광장으로 사람들이 몰려들기 시작했는데 온통 붉은색 상의를 입은 사람들로 광장은 이른바 '붉은 악마'의 세상이었다. 어찌 보면 전체주의적인 냄새가 나기도 했다. 그게 하필 축구였다니. 누구든 축구를 좋아해야 할 것 같았다. 아니 축구로 대변되는 '대한민국'을 좋아해야 할 것 같았다. 다들 좋아했다. 축구를 좋아했다. 대한민국을 좋아했다. 축구 잘하고 좋아하는 대한민국 국민. 그때는 그걸 다 애국심으로 여겼다.

광장은 나중에 붉은 악마의 세상에서 촛불 세상으로 바뀌었다. 어쩌면 바뀐 게 아니라 이어진 것인지도 모르는 일이었지만 말이다.

내가 촛불 집회에 열을 올리며 학교 대신 광장으로 나가자 가족들은 걱정하기 시작했다.

그 무렵 나는 라면을 비롯해 식탁에 오르는 모든 식료품 재료에 수입 쇠고기가 들어 있는지 따지며 음식물을 버리기 시작했다. 가족들은 당연히 당황하기 시작했고, 나의 음식 버리기는 도를 더해 가 마침내, 음식을 거부하는 지경에 이르고 말았다. 씻어도 씻어도 더러운 물질이 묻어 있는 것만 같은 손 때문에 화장실 세면대 물을 수시로 틀어댔고, 급기야는 가족들과 함께 식탁에 앉는 것조차 거부했다. 결벽에 대한 강박증이 내습한 것이다. 아버지와 어머니는 황당해하며 어찌해야 할 줄 몰랐다. 나도 그러는 내 자신을 어쩌지 못해 황당하기는 부모님과 마찬가지였다.

식구들이 장을 보아오면 무슨 식품이든 나를 거쳐야 했다. 나는 우선 인공 조미료가 첨가된 식품이 아닌지부터 살폈다. 그런 뒤, 당분과 지방 등이 얼마라고 표시되어 있는지를 따졌다. 지방도 몸에 좋은 것과 나쁜 것을 구분해가며 몇 퍼센트인지를 따졌다. 나아가 성분 표시 자체를 믿지 못하기도 했다.

이러는 나를 두고 어머니는 한숨을 내쉬며 혀를 끌끌 찼다.

"너처럼 그렇게 따지면 먹을 게 아무것도 없다!"

어머니의 그런 말도 귀에 들어오지 않았다.

"이게 얼마나 우리 몸에 안 좋은 줄 아세요? 먹으면 안 돼요!"

가족들 가운데 어머니가 가장 죽을 맛이었다. 어느 날 갑자기 아들이 식품 검열관이 되어버렸으니 그럴 만도 했다.

그런데 나의 결벽 강박증은 그 정도로 그치지 않았다. 나 자신을 시도 때도 없이 괴롭히는 단계까지 나아간 것이다.

무엇보다도 힘든 건 속옷을 갈아입는 문제였다. 하루에도 몇 번씩 속옷을 갈아입어야 직성이 풀렸다. 그러자니 학교 가는 일은 물론 밖에 나가는 일 자체가 아주 어려운 일이 되고 말았다.

게다가 겉옷도 한 번 입으면 빨아야 했다. 밖에 한 번만 나갔다 와도 속옷은 물론 겉옷까지 벗어던졌다. 내 옷이 공해 물질을 빨아들이는 플라타너스 이파리가 아닐 텐데, 겉옷에 오만 가지 공해 물질이 다닥다닥 붙어 있을 것만 같았다. 내 옷은 플라타너스 이파리처럼 그런 물질을 빨아들이거나 정화시키지 못한다. 그러니 벗어던져야 한다. 깨끗이 빨아야 한다. 그런 생각이 나를 지배했다.

진짜 힘든 건 신발을 식구들 신발과 함께 현관에 벗어둘 수가 없다는 거였다. 식구들 신발 있는 곳에 같이 벗어두면 지네처럼 발이 많이 달린 벌레들이 이 신발 저 신발 넘나들다가 내 신발에 들어와 잠을 잘 것만 같았다. 그래서 나는 밖에 나갔다 들어오기라도 하면 신발을 내 방으로 들고 들어와 책장 맨 아래 칸에 두었다.

이런 나 때문에 식구들은 모두 힘들어했다. 그러나 그런 식구들이 내 눈에 들어올 리 없었다. 나는 한술 더 떠 내 방문 손잡이에도 뭔가 묻어 있을 것만 같아 물휴지를 붙여놓고 방바닥도 수시로 닦았다. 뿐만 아니라 버스나 전철의 손잡이도 잡을 수가 없었다. 그래서 외출도 쉽게 할 수가 없는 처지였다. 하지만 아직 독서 모임은 억지로 나가고 있었다.

"예전에 백석이라는 시인도 결벽증이 있어서 전차를 타면 손잡이를 안 잡고 몸으로 버티며 서 있었다더라. 결벽증은 누구나 조금씩은 가지고 있는 거야. 예민한 사람일수록 좀 강하게 나타나는 거겠지. 백석도 시인인데 좀 예민했겠어!"

독서 모임 친구 가운데 하나가 결벽 증세를 자꾸 드러내는 나를 보고 애써 태연히 말했다. 시에 관심이 많은 나에게, 시인에겐 결벽증조차 대수롭지 않았던 것이라고 말해주고 싶었던 것이다. 하지만 그 친구의 애틋한 마음에도 불구하고, 나의 결벽증은 예민한 정도가 아니라 병적이었으니……. 나 자신부터 견디기 힘들었다. 그럼에도 결벽증은 쉬이 떼어내지지 않았다.

상황이 이러하니, 학교에 가는 일이 어디 쉬운 일이었겠는가? 나의 결벽 강박은 사람에 대한 평가에까지 영향을 미쳤다. 법률적으로는 물론 도덕적 윤리적으로도 조금이라도 흠이 있으면, 그 사람이 아무리 좋은 일을 했더라도, 바로 나쁜 사람이 되어야 했다. 결코 용서가 되지 않는 건 물론 이해조차 할 수 없는 일이었다. 도대체 무얼 용서하고 이해하여야 하는가?

아버지는 결벽에 대해 강박 증세를 보이는 나를 애써 대수롭지 않게 여기며 빙 에둘러서 한마디씩 하곤 했다.

"우리 몸에도 나쁜 균이 있어야 살 수 있는 거야. 균이 안 좋다고 완전 멸균을 해버리면 아무것도 살아남을 수가 없어. 물도 너무 맑으면 물고기가 되레 못 살잖아. 그러니 엔간하면 눈 감는 것도 살아남는 방법이야. 깨끗한 게 항상 좋은 건 아니야."

기회 있을 때마다 아버지는 나름대로 옳은 말을 넌지시 들려주었다. 그러나 내게 그런 말이 들어올 리가 없었다.

어머니도 나를 대놓고 나무라는 대신 좋은 말을 들려주려고 애썼다.

"세상일에 모두 긍정적인 것은 기만일 때가 많아. 때로는 부정적이어야 제대로 보고 비판을 할 수 있어. 근데 부정적인 게 지나치면 병적인 게 되어버리니까 문제야. 긍정도 지나치면 줏대 없이 되어버리지만, 부정도 지나치면 병이 되어버려……."

어머니 눈에는 내가 뭐든 부정적으로 보기 시작하여 마침내 병적인 상태가 된 걸로 비쳤던 모양이다. 제대로 보았다. 내 결벽증은 누가 보아도 문젯거리였다. 이미 병으로 깊어진 것이다.

이러한 때에 '한미 자유무역협정'인가 뭔가로 광우병 걸린 소가 들어와도 별수 없다 하니, 나로선 미치고 환장할 일이었다. 그런 판국인지라, 밖에 나가는 걸 끔찍하게 여기는 나였지만 내가 촛불 집회에 안 나갈 수가 있겠는가.

하루하루 시간이 지나면서 촛불 시위가 촛불 놀이로 이어졌다지만 당초의 동력이 떨어지고 규모가 작아지며 집회 자체가 잦아들었다. 하지만 나의 결벽 강박증은 잦아들지 않았다. 오히려 더해진 결벽 강박증 때문에 끝내 학교를 그만두어야 했다. 그러자 독서 모임 친구들은 내게 멀리 남도의 한 암자를 추천하며 가서 요양부터 할 것을 권했다. 다들 보기에 내 행동이 불편하여 점차 이상한 인간으로 보인 모양이다. 정신적으로 치유가 되지 않고는 같이 하기가 힘들었던 모양이다. 나는 하나도 불편하지 않고 안 이상한데……

"일단 몸부터 다스리고 나야 다른 일도 도모할 수 있을 것 같아."

"맨 문제투성이인 서울을 벗어나야 강박증에 시달리지 않게 돼. 맑은 공기 쐬며 몸을 추슬러야 돼."

"두어 해 전에 우리 부모님과 함께 암자 기행을 할 때 가본 곳인데 숨 쉬기 좋은 곳이야."

"숨 쉬기 좋은 곳?"

"서울같이 답답하지 않고, 공기도 좋은 곳이야."

"그런 데가 있어? 어딘데?"

"저 멀리 남도에 있는 작은 암자야."

"암자면 절에 딸려 있어 아주 작을 것인데……"

"작긴 작은가봐. 원래는 큰 절에 딸려 있었는데 지금은 그렇지 않은가봐."

"그래? 그 암자 이름이 뭔데?"

"목우암이래."

"목우암? 소 치는 암자라는 뜻이야?"

"도를 찾는 곳이라는 뜻인가?"

"맞아. 불교에선 도를 구하는 일을 소 찾는 일에 빗대지."

"도가 산 속에서 찾아져?"

"어쩌면, 소는 우매한 인간인지도 몰라."

독서 모임의 성원들답게 암자 이름 하나 가지고도 여러 가지 뜻과 상징을 찾아내려고 했다.

그들은 마침내 나를 떠메다시피 해서 목우암에 데려다주었다.

"여기서 숨 잘 쉬며 건강하게 있다 와. 도 잘 닦고 내려오란 말이야, 알았지?"

"건강한 강박은 있어도 건강한 암은 없어. 강박이 암은 아니니까 강박도 좋은 쪽으로 생각하면 돼!"

"공기 좋은 여기서 몸과 마음을 좀 쉬고 나면 다시 사회에 적응할 수 있을 거야."

친구들은 나를 암자에다 혼자 떼어두고 가는 게 편치 않은 것 같았다. 그래서 저마다 위로가 되는 말을 하나씩 남겼다.

하지만 그런 그들도 나랑 헤어진 지 얼마 안 되어 나오는 다른 이유 때문에 하나둘씩 학교의 '부적응자'가 되어 저마다 다른 세상 속으로 흩어져 갔다. 그들은 촛불 집회의 청소년 주동자니, 의식화 조원이니 하는 말들을 견디지 못했다. 이 씨 정부는 먹거리가 걱정되어 유모차를 몰고 나온 젊은 어머니들에게 아동학대죄를 들이대기도 했다. 그런 상황이었으니 친구들이라고 온전히 학교에 남아 있을 수 있었겠는가.

결벽 강박증을 이유로 나를 먼저 학교 밖으로 보낸 것이 어쩌면 자신들도 학교를 그만둘 핑계를 만들기 위해 그랬는지도 모른다. 나를 목우암으로 떠메고 갈 때까지는 미처 그런 생각을 못 했을 수도 있다. 그러나 나를 시작으로 하나둘씩 모두들 학교를 그만두게 되었다. 이건 나뿐만 아니라 그들도 학교를 그다지 중요하게 여기지 않았다는 말이기도 하다…….

하여튼 나는 광장에서 촛불을 밝히는 게 아니라, 암자의 작은 방에서 촛불을 밝히게 되었다. 그때만 해도 목우암은 전기가 들어가지 않는 산골이기도 해서 밤에는 모든 방에 촛불을 켜야 했지만, 법당엔 낮이고 밤이고 언제나 촛불이 너울거렸다.

넓은 광장에서 좁은 암자로 가다니. 두 군데 다 촛불을 밝히는 곳이긴 하다. 하지만 어둠을 몰아내려는 촛불의 개념은 많이 다르다. 목우암 법당은 낮에도 촛불을 켜놓는 곳이다. 그렇다면 어둠은 밤에만 있지 않다는 얘기이다.

한 친구 말마따나 목우암은 숨 쉬기 좋은 곳이었다. 비록 광장은 아니어도 숨 쉬기에 좁은 곳은 아니었다. 넓은 광장이라고 반드시 숨 쉬기 좋고, 좁은 골방이라고 숨 쉬기가 어려운 건 아니었다. 나는 목우암 골방에서 세상모르게 뒹굴었다. 즉, 먹으면 바로 자고, 자다가 식사 때면 일어나 또 먹었다. 내가 한 운동이라곤 숨쉬기 운동뿐이었다. 내가 학교를 그만두고 나서, 결벽 강박에 붙들리고 나서 새로 도모한 일은 숨쉬기 운동이었던 셈이다.

그냥 살았다

도회를 피해 산골에 들어왔어도 피할 수 없는 도회의 이름을 딴 '서울'슈퍼와 '빛고을'다방. 도회의 그림자는 내가 어디로 숨어들든 나를 그 자락에서 떼어놓지 않았다. 내가 어디를 가든 길게 따라붙는, 아직은 짙게 따라붙는 그림자. 나는 그 그림자를 외면할 수 없다.

어쩌면 목우암은 도회의 긴 그림자를 떼어내고 목우암 자체로 견디고 있을지도 모른다. 하지만 마을은 어디든 도회의 그림자가 어른거리지 않겠는가. 그러니까 '서울'슈퍼고 '빛고을'다방이겠지.

지금 목우암을 가고 있는 이유는 사실 댈 만한 것이 별로 없다.

그냥이라고밖에 대답할 수 없다. 물론 이유를 대자면 못 댈 것은 아니다. 하지만 그냥 떠올랐다. 목우암이 그냥 떠오른 것이다.

그 옛날 친구들이 떠메다줄 때엔 이유가 분명했다. 그러나 내 발로 찾아드는 지금은 이유가 없다. 굳이 이유를 대자면 하루하루의 내 일상이 너무나 버거워서 어디론가 도망가고 싶은 마음이 일었다고나 할까? 어쩌면, 지금 살고 있는 서울에서 벗어나 산 속에 있는 암자로 스며들면 숨을 쉴 수 있고, 더러움도 손에 묻지 않으리라는 기대감을 갖고 있는지도 모른다. 그 이유에 따르면 나는 지금 또 숨 쉬기 위해 목우암을 가고 있는 것이다. 그 옛날에도 목우암은 숨 쉬기 좋은 곳이라고들 했는데…….

'목우암에나 가보자.'

물론 그 옛날, 10년 전을 떠올리며 목우암행을 결정한 것도 아니다. 서울을 탈출한다고 생각하자 뜻밖에도 목우암이 떠올랐을 뿐이다. 처음부터 목우암을 염두에 두고 서울 탈출을 시도한 게 아니라는 얘기다.

목우암을 떠올리고 나자 열일곱 살 무렵 결벽 강박증을 치료한 답시고 목우암 밥을 몇 달 축내면서 지낸 날들이 생각났다. 그리고 그곳에 가면 왠지 마음이 편해질 것 같은 생각도 덩달아 들었다. 그 옛날 강박에 시달릴 때처럼 거기에 가면 일상으로부터 벗어날 수 있으리라는 나만의 주문이 내 속에 있었는지 모르겠다. 의식하지 않지만 내 행동을 지배하는 무의식.

지금 목우암을 간다고 해서 갑작스레 머리를 깎고 출가를 하는 일은 일어나지 않을 것이다. 출가를 할 생각이었다면 애초에 소주병을 들고 오진 않았을 것이다. 아니, 그보다도 긴바지와 일주일 뒤에 빛고을다방에서 만나자는 약속을 하지 않았을 것이다.

아버지는 그해 봄날을 겪은 뒤 자주 절에서 지냈다고 했다. 그도시의 모든 것을 견디기 힘들었기 때문이다. 그래서 할 수만 있다면 출가를 하고 싶었단다. 아버지는 기회가 있을 때마다 가끔씩 그시절 이야기를 하곤 했다. 가끔씩이라 했지만 사실은 귀에 딱지가내려앉을 정도로 많이 들은 이야기이기도 하다. 거창하게 말하자면 아버지 출가 실패기!

"굴절된 시대를 살아내느라 너무 속이 상했어. 그래서 상한 맘을 달래려고 남도의 명산대찰과 고승 대덕을 찾아다녔지. 맘 같아선 머리 깎고 중이나 되어 볼까 하는 심정을 가지고 말이야. 꽤나 열심히 발품을 팔고 다녔지만 결국 나는 출가를 하지 못하고말았어."

나는 무심히 되뇌었다.

"명산대찰과 고승 대덕이요?"

"이름난 산의 큰 절과, 수행 경지가 높은 스님 말이야."

나는 어깃장을 놓았다.

"그런 데 사는 스님이 뭘 알아요?"

"지푸라기도 잡고 싶은 심정이었으니까……."

아버지 눈이 초점을 잃고 먼 데를 쳐다보는 듯했다. 나는 입술을 쭉 내밀며 아버지를 바라보았다.

"그렇게까지 노력했으면서도 출가하지 않은 것 보면, 그래도 세상에 미련이 많았던 모양이죠?"

"아니."

"그럼, 왜요?"

"내 머리통을 깎아놓으면 별로 안 예쁠 것 같았거든!"

"하! 하! 하!"

아버지는 농담조로 가볍게 대답했다. 나는 그 이야기를 들을 때마다 배꼽을 잡고 웃었다. 아닌 게 아니라 아버지는 머리를 깎아놓으면 얼굴 전체가 다 우스꽝스럽다. 아버지는 머리통에 부드러운 머리칼이 잘 뒤덮여 있어야 두상은 물론 얼굴 형태도 살아난다.

언젠가 아버지 옛날 사진첩에서 머리를 깎고 찍은 고등학교 때 사진과 군대 시절 사진을 본 적이 있다. 사진을 보며 다른 사람인 줄 알았다. 사진 속의 모습은 지금의 아버지 모습과는 너무나 다른 모습이었다. 사실을 말하자면 아버지 머리통은 너무 못생겼다. 아버지 머리통에 비하면 내 머리통은 잘생겼다. 그것도 아주 많이 잘생겼다! 내 머리통을 요리조리 돌려보지 않아서 잘 모르긴 한다. 하지만 할머니는 내가 이발을 하고 오면 꼭 '잘 깎아놓은 밤톨 같다'며 귀여워해 주셨다. 어릴 때 얘기이지만 말이다. 아무튼 그 말은 머리를 자른 내 머리통이 잘생겼다는 말일 것이다!

"음, 나는 출가를 못 했지만 아들이 출가하는 건 말리지 않겠어. 예로부터 중 하나 잘되면 위아래로 구족이 흥한다고 했어!"

아버지는 자신이 못 이룬 출가의 꿈을 자식이 대신 해주었으면 하는 눈치였다. 반은 농담이었겠지만, 농 속에 진실이 담겨 있는지도 몰랐다. 그럴 때면 나는 심각하게 정색을 하고 아버지 말에 쐐기를 박았다. 굳이 심각하게 정색까지 하고서 할 말은 아니었지만……

"고기를 워낙 좋아해서 저도 중 노릇은 좀 곤란하지 않을까 싶어요!"

아버지가 머리통이 안 예뻐서 출가를 안 했다며 반 농담조로 얘기하자 나도 농담으로 받아친 것이다. 내 말이 농담인 줄 알았을 텐데 뜻밖에도 아버지는 진지하게 말했다.

"고기 문제라면 내가 살아 있는 동안은 몰래 찾아가 배불리 먹여

줄게! 약속하마!"

"그런 중이 어디 있어요? 중 노릇 하려면 제대로 해야지. 몰래 고기 먹는 땡중은 싫어요! 아버지가 늘 그랬잖아요. 중 아니면 팔만 사천 지옥을 다 채울 수도 없다고요! 몰래 고기 먹으며 땡중 노릇 하면 그런 지옥에 가는 거잖아요."

나는 필요 이상으로, 나도 모르게 소리를 지르며 아버지에게 대들었다. 아니, 대든 꼴이 되었다.

"으이구 내가 졌다. 졌어! 고지식하긴……."

내 말이 틀린 건 아닌지라 아버지는 혀만 끌끌 찼다.

사실 아버지는 드러내놓은, 아주 까탈스럽거나 엄격한 채식주의자는 아니지만 평소에 고기보다 채소 음식을 더 좋아하기는 한다. 하지만 나는 고기 반찬이 없으면 식사 시간이 그다지 즐거운 사람이 아니다. 광우병 쇠고기 수입 저지 집회에 나간 것도 어찌 보면 먹는 문제가 걸려서인지도 몰랐다. 그 무렵의 내겐 고기 먹는 문제가 무척 중요했다.

나와는 좀 다른 이유이기도 하지만, 저마다 다른 이유를 댔지만, 촛불을 통해 광장을 경험한 친구들은 하나같이 좁은 학교 울타리에 자신을 가두어두고 볼 수가 없게 되었다. 마음속에까지 광장이 들어앉게 된 것이다.

새장에 갇혀 있던 새가 푸른 창공의 자유로운 맛을 보고 나서 다시 새장 속에 자신을 가두려니 얼마나 힘들었겠는가. 그래서 그들은 다시 새장 밖의 새가 되기로 한 것이다.

'하늘을 날다 보면 눈먼 새 입에도 먹을 것이 걸릴 때가 있다는데, 우린 눈도 밝잖아!'

다들 그렇게 생각하였다. 자신들은 학교를 벗어나면 새처럼 자유롭게 드넓은 하늘을 마음껏 날아다니며 자신들의 뜻을 펼칠 수 있으리라 자신만만해 있었다. 그래서 그들은 아무 미련 없이 교복을 벗어버린 것이다.

"아, 나의 진짜 모습을 가리고 있던 천 조각이여! 오늘부로 나는 너를 벗겨내누나!"

학교를 벗어난 친구들은 자기가 하고 싶은 일을 하며 지냈다. 독학으로 대학에 진학한 이가 있는가 하면 일찌감치 자신이 하고 싶은 일로 뛰어든 이도 있었다. 대학을 다닌 친구도 대학이 아니라 그간 읽은 책 속에서 터득한 길을 찾아, 또는 자신들의 이상을 따라 환경 생태 쪽의 운동가도 되기도 하고, 농사를 짓는 농부가 되기도 하고, 대안 학교의 실습 교사 내지는 보조 교사가 되기도 했다.

아무튼 그때 학교 울타리를 벗어난 친구들은 누구든 그냥 사는 이가 없었다. 저마다 자신이 할 일을 찾아 살았다. 그러나 나는 여태껏 삶에 대해 적극적인 몸부림 없이 '그냥' 살았다.

'성격 탓이야.'

'아니야, 내 그릇이 작은 탓이야.'

'하고 싶은 게 없어…….'

나는 속으로 나를 질책했다. 내가 무척 소심하게 느껴졌다. 어쩌면 강박이 아주 가시지 않았는지도 모른다. 그러나 나의 강박과 상관없이 세상은 나를 그 순간에 머물러 있게 하지 않고 자꾸 앞으로 나아가라고 밀어붙였다. 그때마다 나는 저항했다. 떠밀려 나가지 않으려 온몸으로 저항했다.

'내가 왜 세상 밖으로 밀려나야 하지?'

나는 내 의지 내지는 의도와 상관없이 자꾸만 세상 밖으로 튕겨나가지는 것만 같았다. 그래서 내 안으로 더욱 단단히 파고들었다. 하지만 결벽에 대한 강박을 가지고 있는 내가 할 수 있는 일은 별로 없었다. 대학도 당장은 눈에 들어오지 않았다. 그래서 굳이 고졸 검정고시 준비도 하지 않았다. 이러는 나를 두고 어머니는 몹시 근심스러워했다.

"요즘 같은 학력 세상에 대학은 놔두고라도 고등학교 졸업장은 있어야 할 것 아니야……. 옛날 사람인 엄마도 나중에 대학을 다녔잖아……. 엄마는 대학 졸업장을 어따 써먹을 일이 없었지만, 너는 어떻게 될지 모르잖아. 하여간 일단은 고등학교 졸업장이라도 있어야 할 것 같은데…….”

하지만 아버지는 애써 느긋해 했다.

“가만두어. 이녁 일은 이녁이 알아서 하겠지, 뭐. 다들 스무 살 되기 전에 대학 가는 세상이니까, 그 나이 때 안 가고 나중에 필요하면 가는 게 오히려 인생에 더 도움이 될지도 몰라. 더구나 지금은 고등학교 졸업생은 거의 대학을 가잖아……. 시쳇말로 개나 소나 대학 안 나온 사람이 없잖아. 주관이 확실해서 대학 안 다니면 되레 나을지도 몰라! 대학 갈 일이 있으면 그때 가서 고등학교 졸업장은 따면 되니까!”

아버지는 말은 그렇게 하면서도 속으로는 무척 애가 단 모양이었다. 그래서 내게 넌지시 과제를 내밀었다.

“고등학교 공부는 따로 하지 않는다 해도 살아가는 데에 크게 지장이 없으니까 괜찮지만 말이야. 내 생각엔 하루에 시 한 편 정도 외우는 건 어렵지 않을 것 같은데……. 어때, 한번 해볼래? 머리도 가만두면 녹이 스니까 머리 운동하는 셈치고 말이야.”

아버지는 시를 알고 느끼면 웬만한 세상일에 대해선 문리가 저절로 터진다고 했다.

“시는 세상의 일이나 마음속의 심리를 아주 함축시켜서 몇 줄로

써놓은 글이거든. 하지만 그 폭발력은 압축할수록 커. 그러니까 시를 머릿속에 많이 넣어두면 세상일이든 사람들 심리든 남보다 더 잘 알게 되지!"

맞는 말일 것이다. 아버지는 고등학교 국어 교사이기 때문에 이미 시의 효용에 대해서 많이 깨닫고 있는 터였다.

"네가 어차피 수학자나 물리학자로 세상 살 것 아니잖아? 그쪽에 재능이 있었다면 어려서 진즉에 싹수가 보였을 거야. 내 보기에 그런 것 같지는 않으니까 아빠가 하라는 대로 하는 게 좋지 않을까? 내 생각엔 시만 잘 외워두어도 세상 사는데 그다지 어려움이 없을 것 같은데! 시는 세상을 다르게 보도록 해주거든. 보통 사람들은 알아보지 못하는 걸 시인들은 용케 알아보는 거야. 다르게 알아본 게 시로 나오는 거고. 너도 지금 세상을 다르게 보고 있잖아. 어찌 보면 너는 벌써 시인인지도 몰라!"

'어찌 보면 너는 벌써 시인인지도 몰라'라고 추켜세우는 아버지의 말에도 처음에는 시 외우는 일을 별로 달가워하거나 즐거워하지 않았다. 그래서 아버지의 진지한 권유에도 불구하고 마냥 시큰둥해 했다. 하지만 아버지는 내가 시를 한 편 외울 때마다 만 원씩 준다며 시 외우는 일을 용돈과 연계시켰다.

"시를 외우고 용돈을 떳떳하게 타가면 좋겠구나!"

재물 있는 데에 마음도 같이 따라가는 것일까? 만 원이라는 말에 귀가 번쩍 뜨였다. 아르바이트를 하는 것도 아니고, 학생 신분도 아니어서 용돈 타 쓰는 일도 만만치 않았다.

'시를 한 편 외우면 만 원이라……. 시 한 편에 만 원이면 그다지 박하지는 않은데, 눈 딱 감고 시 한번 외워 봐?'

나는 속으로 쾌재를 불렀다. 시 외우는 일은 그다지 어려운 일감이 아니었다. 더구나 내가 돈에 무척 약해져 있을 때라 어쩔 수 없기도 했다. 사실 달리 돈벌이를 할 만한 방법이 없기도 했다.

아버지는 시를 외우면 그 대가로 돈을 준다는 사실이 내심으론 마뜩치 않은 모양이었다.

"시는 좋아서 외워야 의미가 있는데……. 허참! 게다가 시 외운 대가를 돈으로 계산한다는 게 여간 치사한 일이 아니야. 하지만 나는 내 아들이 시 외우고 자신만의 느낌을 말하고서 당당하게 용돈을 타가면 좋겠어!"

나도 아버지 말마따나 시를 외우고 용돈 탄다는 게 좀 치사하게 느껴졌다. 하지만 아버지의 제안은 여러 가지 문제를 해결해주어서 괜찮게 느껴졌다. 역시 아버지는 아버지다. 아들이 생각 못하는 것을 해낸 걸 보면!

"암튼 시는 시시해서 시야! 그러니까 시시한 시 한번 외워보렴!

네 나이 때면, 외우려고 마음만 먹으면 하루에 열 편도 외울 수 있을 거야!"

아버지는 나로 하여금 시를 외우게 하려고 시시껄렁한 말을 몇 마디 더 보태면서 나를 다독거렸다.

나는 시를 외우기 시작했다. 처음엔 아버지의 교안과 책상 위 책꽂이 한쪽에 꽂아두었던 국어 책이나 문학 책에 나온 시 가운데 짧은 것만 골라서 외웠다. 사실 짧은 시도 외우는 게 만만치 않았다. 짧아도 시는 시였다. 시의 효용에 대해서 진지하게 말해주던 아버지가 짐짓 시시하니까 시라면서 우스갯소리 같은 엉너리를 쳤지만 시는 결코 시시하지 않았다.

아버지는 내가 짧은 시만 고르고 있는 걸 모른 체해주었다. 일단 시에 대해 흥미를 갖는 게 더 중요하다고 여겨서 그런 것 같았다. 역시 아버지는 아버지다. 아들의 마음을 어찌 이리도 잘 알아주는지…….

시를 외우는 일은 일단은 지적인 활동에서 아주 뒤처지지 않게 해주었다. 뿐만 아니라 메말랐던 내 가슴속의 감성을 살려내는 일까지 하게 해주었다. 게다가 아버지 말마따나 시는 보이지 않는 것을 보게 해주었다. 시인들은 보통 사람들이 보지 못하는 걸 잡아내어 시로 쓰는 사람들인 것 같았다. 물론 그런 것도 사실이지만, 내

처지에서 볼 때 무엇보다도 좋은 건 용돈을 떳떳하게 타갈 수 있게 해주었다는 것인지도 모른다. 그간 내가 몹시도 궁했던 모양이다…….

서울 탈출

세면대에서 흐르는 물에 손을 적시고 또 적시어도 손에 더러운 뭔가 묻은 느낌이 가시지 않았다. 방문 손잡이에도 더러운 것이 덕지덕지 붙어 있을 것 같아 맨손으로 잡기가 저어되었다. 그래서 물 휴지와 화장지를 손잡이에 감아두었다. 내가 생각하기에도 그러는 내가 한심했다. 그러나 그렇게 하지 않으면 가슴이 터지고 살갗이 벗겨질 것만 같아 나로서도 어쩔 수 없었다.

가족들은 처음엔 이러는 나를 이해 못했다. 특히 어머니는 질색을 하며 드러내놓고 마뜩잖아 했다.

"으이구, 내가 못살아! 깨끗한 게 좋긴 하지만, 너 혼자만 깨끗한

척도 정도껏 해야지! 이게 뭐야? 너 말곤 식구들 모두 균을 덕지덕지 붙이고 사는 보균자 같잖아!"

어머니가 질겁을 하는 건 당연하다. 그러나 나도 내 마음을 알 수 없는 노릇이었다. 나도 이러는 내가 불편했다. 하지만 그러지 않기 위해 애쓰는 게 더 어려웠다. 차라리 마음 가는 대로 닦고 또 닦고, 씻고 또 씻어버리는 게 편했다. 안 그러려고 버티는 게 더 힘들었다. 비난하는 소리를 듣더라도 내 느낌이 가는 대로 그냥 하는 게 오히려 더 견딜 만했다.

결벽 증세 때문에 가장 불편한 건 돈을 만지기 싫은 거였다. 돈 자체는 좋지만, 돈이라는 물건은 별로였다. 주머니에 넣을 수도, 손에 쥘 수도 없는 게 돈이라는 물건이었다. 다른 건, 휴대전화 같은 건 나 혼자만 쓰므로 아무렇지도 않은데 돈은 이 사람 저 사람 손에 돌고 도는 것 아닌가. 사람 손을 건널 때마다 헤아릴 수 없이 많은 균이 묻을 것이다. 그러니 만지기 싫었다. 그래서 가장 불쾌한 게 돈 만지는 일이다. 하지만 돈 없이는 집 밖으로 한 발짝도 나갈 수 없었다. 버스나 지하철을 타는 일도 돈을 앞장세워야 가능한 일이었고, 편의점이나 커피숍 같은 데에서 무얼 사먹자 해도 일단은 돈이 있어야 했다. 그래서 아버지를 졸랐다.

"아버지, 현금카드 하나 만들어주세요."

"현금카드?"

"돈을 직접 만지기가 좀 찜찜해요."

나는 솔직하게 말했다. 아버지는 더 이상 묻지 않고 나랑 은행에 가서 버스나 지하철을 탈 때도 쓸 수 있는 교통카드 겸용 현금카드를 만들어주었다.

현금카드가 생긴 뒤부턴 돈을 만지지 않아도 되었다. 내가 시를 외우면 아버지가 내 통장에 돈을 넣어주고, 나는 현금카드를 쓰면 되었다.

"전에도 말했지만, 무균 상태에선 아무것도 못 산단다. 우리 몸 속에도 균이 얼마나 많은데……. 그 균을 다 없애버리면 사람이 되레 못 산단다. 곧 좋아질 거야. 깨끗해지고 싶다는 마음을 조금씩 버리렴. 그래야 결벽증에서 벗어날 수도 있어."

"저도 그러고 싶은데, 그게 잘 안 버려져요……. 저 말고도 다 깨끗하면 저절로 버려지겠지요."

"그렇긴 하겠지……."

아버지는 내 말에 일부러 고개를 끄덕여가면서 냉정을 유지하며 내가 결벽에 집착하는 걸 모른 체해주려 애썼다. 팔팔 끓인 물속에 생명체가 없는 이유도 여러 차례 말해주었다. 나도 그런 건 안다. 그러나 내 마음은 모르겠다.

나는 집 안을 온갖 먼지가 다 집어 먹고 있는 것 같아 걸핏하면 진공청소기를 돌리거나 먼지떨이를 들고 돌아다녔다. 어머니는 이러는 내 모습을 보면 한숨부터 내쉬었다.

"엔간히 해라. 아까 청소 다 했는데 무슨 먼지가 있다고 그러니? 옛말에 상감도 먼지는 먹는다는 말이 있어! 먼지 좀 있으면 또 어떠니?"

결벽에 대한, 깨끗함에 대한 나의 강박증의 뿌리는 여러 가지일 것이다. 그러나 무엇보다도 세상이 맑지 않다는 걸 안 뒤로 더해진 것 같다. 초등학교 중학교를 다니며 이 생각은 더욱 굳어졌다. 그래서 세상이 바뀌지 않으면 나의 결벽 강박도 좋아질 것 같지 않았다.

내가 촛불 집회 같은 것에 열을 냈던 것을 다른 차원에서 보면 세상을 깨끗하게 바꾸고 싶은 열망이었는지도 모른다. 더구나 미국산 쇠고기가 들어간 음식을 먹으면 금세 몸이 어떻게 될 것 같았다.

그때 이후 내게 생긴 버릇 가운데 하나는 라면 스프 같은 것의 성분을 들여다보는 일이었다. 행여라도 미국산 쇠고기 가루가 들어가면 안 되기 때문이었다. 물론 라면 회사들은 포장지에 원산지를 곧이곧대로 쓰지 않을 것이다. 라면 회사들이 그냥 수입산이라고 쓰면 소비자는 어디서 수입한 줄도 모르고 먹어야 한다. 나는 그게 걱정스러웠다. 미국산 쇠고기 수입 반대 촛불 집회가 계속 이

106

어지자 미국이 아닌 다른 나라에서 쇠고기를 수입한 라면 회사는 그 나라의 이름을 적기 시작했다. 자신들은 미국에서 쇠고기를 수입하지 않는다는 걸 알리기 위해서…….

미국산 쇠고기와 관련해서 볼 때, 가족들 가운데 가장 걱정되는 이는 아버지였다. 아버지는 직장 생활을 하는 까닭에 아무래도 밖에서 식사를 하는 경우가 많았기 때문이다.

"아버지, 밖에서 식사할 때도 절대로 소불고기 같은 건 먹지 마세요? 먹으면 큰일 나요! 알았죠?"

아버지는 내가 왜 그런 줄 알고서 늘 흔쾌히 대답했다.

"그럼! 절대로 그런 건 먹지 않아. 뭐가 들어 있는지 모르잖아!"

아버지의 시원스런 대답과 달리 나는 사실 속으로 걱정이 되었다. 아버지는 그냥 '주는 대로 먹는다. 있는 대로 먹는다' 주의자이다. 그래서 내 어렸을 때엔 냉장고 문짝에 그런 문구를 적어놓으면서 가족들 누구도 반찬투정 같은 걸 못 하게 하기도 했다.

시를 외우다가 뜻밖에도 조지훈 시인의 「낙화」라는 시를 만났다. 그 시 가운데 '꽃이 지기로소니 바람을 탓하랴'라는 구절에 내 마음이 갑자기 꽂혔다. 나는 나도 모르게 그 구절을 흥얼거리며 집 안을 돌아다녔다. 약자인 꽃과 강자인 바람의 대비도 좋았지만, 지기 '로소니'와 탓 '하랴'에서 느껴지는 우리말의 운율도 입에 달라

붙었다.

"그 구절이 좋으니? 어떤 정치인이 정권이 바뀐 뒤 끈이 떨어지자 감옥을 가게 되었지. 그때 그 구절을 기자들 앞에서 읊은 뒤 감옥으로 걸어 들어갔어. 일절 다른 소리는 구시렁거리지 않고 말이야! 세상만사 남 탓이 아니라는 얘기겠지."

아버지는 역시 국어 교사답게 시의 배경은 물론 어떤 사람들이 그 시를 좋아하는지도 들려주었다. 내가 이러는 게 다 남의 탓만은 물론 아닐 것이다. 어쩌면 내 탓이 큰지도 모른다. 하지만 내겐 나도 남이다…….

나는 시를 외우면서 꽂히는 구절이 있으면 하루 종일 그 구절만 되뇌어댔다. 이러는 나를 두고 아버지는 소가 여물을 되새기는 것 같다며 애써 웃어주었다. 그러나 내 속으론 시 외우는 일에까지 나타난 강박 증세 때문에 죽을 맛이었다. 그래도 다행이라면 강박증이 시에 가닿자 일상생활의 강박증은 덜해졌다는 것이었다. 닦고 돌아서면 바로 더러운 것이 묻어 있는 것 같은 손바닥. 그래서 내 방문 손잡이를 못 잡았고 나아가 버스 손잡이도 잡을 수가 없었던 것이다.

아버지와 어머니는 처음엔 몹시 당황하여 때마다 그러지 않아도 된다고 말했다. 그러나 지적을 당하면 당할수록 나의 강박증은 깊어갔다. 눈치를 챈 부모님은 나중엔 이러는 나를 내버려두었다. 특히 아버지는 일절 잔소리를 하지 않으면서 나를 지켜보기만 했다.

"지적할수록 대상에 더 집착하는 것 같아요! 그러니까 아예 모른 체하고 내버려둡시다."

아버지의 판단이 아니더라도 나는 이미 느끼고 있었다. 내 행동에 대해 지적당하면 나도 모르게 그게 더 달라붙는 것 같았다. 금지가 의무가 되어버리는 꼴이랄까. 하지 말라면 더 하게 되고, 하라면 하지 않게 되는 상황…….

그나마 다행인 건 내 방에서 화장실 갈 때나 현관에 나갈 때 몇 발자국을 떼고 가야 한다든가, 길가의 보도블록을 세고 간다든지 하는 강박증은 없다는 것이었다. 인터넷에서 '강박'을 검색해보니 그런 강박으로 고생하는 사람들이 많았다. 그런데 나의 강박은 오로지 결벽에 대한 것뿐이었다. 다행이라면 다행이었다.

아버지의 권유에 따라 시를 외우기 시작하자 하루 가운데 많은 시간 동안 시에 꽂히면서 손도 덜 씻게 되었고, 버스 손잡이 같은 것도 나도 모르게 자연스레 잡게 되었다. 다만 신문이나 방송에 나오는 이들의 말은 조금도 믿을 수가 없었다. 다들 거짓말에 사기를 치는 것만 같았다. 정치가니, 검사니, 기업가니 하는 이들. 한결같이 말은 번지르르하게 하지만 그 속이 다 들여다보이는 것만 같았다.

그러고 보니 믿지 못할 이들은 이들만이 아니었다. 학교를 다니는 동안 만난 교사들, 그리고 아이들. 그들도 도대체 믿을 수가 없었다.

아버지도 지금 학교 선생 노릇을 하고 있지만, 학교 다닐 동안 존경할 만한 선생이 없었단다. 그래서 아버지는 좋은 선생이 되기 위해 교사가 되었단다.

나는 아버지의 권유에 따라 시를 외우기 시작하면서부터 관심이 다른 데로 좀 돌아가 결벽 강박증이 어느 정도 가시고 나자 고등학교 졸업 검정고시를 준비했다. 어머니의 채근이 아니더라도, 고등학교 졸업장 정도는 따놓아야 될 것 같았다. 식당 같은 데서 아르바이트를 하더라도 일단 고등학교 졸업장인, 이른바 '쫑'이 있어야 하기 때문이다.

검정고시는 그리 어려운 게 아니라지만 나처럼 학원도 안 다니고 독학을 한 사람에겐 결코 만만하지 않았다. 아버지는 내가 검정고시를 보겠다고 하자 나를 편하게 해주려고 애를 썼다.

"네가 어차피 수학자나 과학자로 살 건 아니니까 수학이나 과학은 최저 점수만 맞을 생각하고 시만 잘 외우렴. 시 자체의 어법이 다른 과목 이해도도 높여줄 테니까! 어쩌면 수학 같은 과목도 언어영역이야. 독해만 잘하면 수식도 그리 어렵지 않을 거야. 아빠는 예전에 수학 공부할 때 항상 그렇게 생각했어!"

지난번에, 시를 외우라고 권할 때도 아버지는 이런 말을 했다. 지나놓고 보니 역시 아버지 말이 맞았다. 시를 몇백 편 외우고 나니 어떤 과목도 두렵게 느껴지지 않았다.

"일본의 어떤 국어 교사는 단편소설 하나만 가지고 몇 년을 수업했대. 학생들은 중, 고등학교 과정 내내 그 소설만 봤단다. 한 줄, 한 낱말에서 오는 모든 것을 다 겪어보자는 교사의 신념이 그렇게 했대. 다들 비웃었지만 몇 년 지나자 학생들에게서 놀라운 결과가 나타나기 시작했어! 이것저것 잡다하게 국어 지식을 외운 학생들보다 훨씬 더 국어에 대해 잘 알게 된 거지. 당연히 대학도 잘 가고! 나도 학생들한테 그렇게 해보고 싶은데, 지금 학교 현실이 그렇게 하도록 놔두지 않으니까……."

아버지는 말을 멈추고 내 얼굴을 가까이 들여다보았다. 아들에게 자신의 실험을 해보고 싶다는 거였다.

아버지가 내쳐 말했다.

"네가 학교에 안 다니니까 얼마나 좋냐! 시는 어느 정도 외웠으니까 이제부턴 산문도 좀 읽어야지. 뭐가 좋을까? 재미있는 걸로 시작해야 할 텐데……. 음 삼국지가 괜찮겠어. 내 보기에 삼국지가 통속적이고 이념도 지금 시대랑은 안 맞지만 끝까지 읽게 하는 재미 하나는 있어. 고사성어도 많이 나오고. 그러니까 오늘부턴 그걸 읽어봐라!"

나는 고개를 끄덕였다. 그러잖아도 인터넷으로 삼국지 게임을 하려면 삼국지 내용을 어느 정도 알아야 해서 언젠가 삼국지를 읽어야겠다고 벼르고 있던 참이었다. 나는 아버지가 권하는, 완역 삼국지를 구해 읽기 시작했다.

"기왕이면 처음엔 소리 내어 읽도록 해라. 소리 내서 읽으면 기억하기도 더 쉽고, 네가 노래할 때 정확한 발음도 낼 수 있을 거야."

그때 나는 음악 학원을 다니고 있었다. 방 안에서 인터넷으로 게임만 하고 있는 나를 보다 못한 어머니가 노래라도 하라고 해서였다.

"언제까지 방구석에만 있을 거야? 어디 아무 데라도 나가 봐!"

"나가면 어디로 가……. 노래 부르게 학원 보내줄 것도 아니면서……."

나는 볼멘소리를 했다.

그런데 어머니가 뜬금없는 소리를 했다.

"노래 학원 보내줄 테니, 노래라도 해 봐!"

나는 흠칫 놀랐다. 어머니 입에서 '노래'라는 소리가 나온 것이다. 학교를 그만두고 난 뒤 나는 내 몸에 들어온 강박과 우울 때문에 거의 폐인처럼 지내고 있었다. 그런데 노래라니…….

"너 어렸을 때 버스를 타든 길을 걷든 소리만 나오면 따라하고 그 소리 음가를 정확히 기억해서 흥얼거렸어. 음감이 좋으니까 노래 부르는 것이 그리 어렵지는 않을 거야."

그건 맞는 소리였다. 내가 타고난 게 있다면, 육고기든 바닷고기든 고기를 가리지 않고 잘 먹는 것에다, 순대든 곱창이든 남의 내장도 가리지 않고 잘 먹는다는 것에다, 한번 들은 소리는 그대로 음을 기억을 하는 거였다.

그러나 노래를 부를 생각은 하지 않았다. 제대로 성악을 공부하여 그 방면 전문가로 살 것이 아니어서 조만간에 음대생이 될 것이 아니었으니까…….

물론 어머니도 내가 그쪽 전문가가 되겠거니 싶어 노래를 권한 게 아니었다. 그저 나를 집 밖으로 끌어내려는 의도가 더 강한 게 사실이었다. 그러나 노래를 부르면 내 몸 안의 강박증도 같이 씻겨 나가리라는 기대감을 가지고 있는 것 같기는 했다.

아버지는 어머니와 내가 음악 학원 얘기를 꺼내니까 처음엔 얼굴을 찌푸렸지만, 마지못해 허락을 했다.

"우리 집안에 노래 잘한 사람은 없는데……. 그리고 노래를 잘하려면 일단 작곡 능력이 있어야 돼. 악기도 몇 개 다룰 줄 알아야 하고⋯⋯. 근데 얘는 그런 데에 관심도 능력도 별로 안 보이던데⋯⋯. 일단 치유 차원에서라도 노래를 부르면 좋겠구나!"

나는 악보는 더듬거리긴 하지만 그럭저럭 볼 줄 안다. 하지만 작곡은 전혀 할 줄 모른다. 악기도 제대로 다룰 줄 아는 게 없다. 가장 일반적인 악기인 기타도 중학교 때 몇 달 배우다가 그만두었다. 통기타와 클래식을 한꺼번에 했는데 몇 달 하고 나자 시시해져서였다. 그전에 초등학교 땐 피아노를 치긴 했다. 그러나 바이엘 교본 겨우 끝내고 체르니는 30번도 못 치고 피아노 학원을 그만두고 말았다. 반복적으로 연습해야 한다는 게 그다지 흥미를 불러일으키지 않아서였다. 그러고 보니 내가 할 줄 아는 건 오로지 입으로 소리 내는 것뿐이었다.

아버지는 내가 노래 배우는 것을 치유라 생각하고 음악 학원에 다니는 걸 허락했다. 어머니도 어느 정도는 같은 생각이었겠지만.

어쨌든 노래를 부르기 위해 음악 학원에 다니게 된 나는 조금씩 앞날에 대해 생각도 해보게 되었다. 음악 학원에 오는 아이들 대부분이 입시 때문이었다. 정말로 노래를 좋아해서 오는 아이도 있었지만 속으론 다 대학을 염두에 두고 있었다. 그래서 내가 다닌 음악 학원의 상호에 '실용음악학과 대비 음악 학원'이 들어가 있었다.

그들을 보고 느껴서만은 더더욱 아니지만 아무래도 고등학교 졸업장은 따야겠다는 생각이 들었다. 노래를 부르기 위한 목청이나 음감보다는 고졸이냐 대졸이냐 하며 따지는 게 꼴같잖기도 했다. 나중에 대학은 어찌 될지 모르지만 고등학교 졸업장은 따두어야겠다는 생각을 한 것이다.

시험을 위한 공부를 한 지 오래 되었지만 일단 검정고시 교본을 구해 몇 번 훑어보았다. 처음엔 좀 낯설었지만 몇 번 훑어보니 그리 어려운 건 아니었다. 역시 아버지 말대로 시를 외우고 삼국지를 읽어서인지 국어는 그다지 어렵지 않았다. 그밖에 사회를 비롯 인문 분야 과목도 괜찮게 치렀다. 그런 과목도 역시 언어가 밑바탕이 되어주었다. 수학을 비롯 과학 과목은 시험 통과하는 정도의 점수를 얻는 것으로 만족해야 했다. 그렇게 해서 가까스로 고등학교 졸업장인 고졸 검정고시 합격증을 손에 쥐자 내친김에 대학도 염두에 두었다.

어찌저찌 하여 어렵사리 대학에 들어가자마자 나는 부모님 집에서 나와 독립을 했다. 명분은 통학 거리가 멀어 학교 앞에 방을 얻어야 되겠다는 것이었다. 아버지 어머니는 별다른 반대를 하지 않았다. 어쩌면 두 분 다 속으론 내가 독립하기를 바라고 있었는지도 모른다.

"혼자서 밥 안 굶고 때 맞춰 먹을 수 있겠어?"

어머니는 차려준 밥도 잘 안 먹는 나를 두고 걱정을 아주 많이 했다. 하지만 속으로는 혼자 지내다 보면 모든 게 나아지리라 기대를 하고 있는 것 같았다. 그래서 이번 기회에 혼자 지내보는 게 나쁘지는 않을 거라고 생각한 듯했다.

내가 들어간 대학은 좋아하는 노래와 연관된 음대도 아니고, 시를 외우며 정을 붙인 문학 관련 학과도 아니었다. 엉뚱하다면 엉뚱하지만 역사를 공부하는 사학이 내 전공이었다. 그나마 가까스로 어렵게 그 학과에 들어갔다. 어렵사리 대학에 들어가 다니긴 했지만 여전히 현실 생활에 정을 붙이지 못하고 어정쩡한 생활을 했다. 음악 학원도 그새 그만두었다. 몇 번의 오디션을 보고 합격하기도 했지만 그쪽 길도 만만치 않았다.

대학을 다니는 동안은 물론 대학을 마친 뒤에도 나는 마음속의 결벽과 그 결벽에 따른 강박을 완전히 털어내지 못했다.

게다가 마음은 병추기이면서도 마음속의 촛불은 늘 타고 있어 세상일에 쉽게 나를 못 맞추었다. 그러니 직장도 쉽게 나지 않았다. 어쩌다 직장이 나도 적응을 하지 못했다. 그래서 몇 달 채우지 못하고 다시 대학 때부터 살고 있는 반지하 자취방에 죽치고 앉아 어떤 가수의 노래처럼 '싸구려 커피나 마시고 장판을 등에 붙이고' 지내는 신세가 되고 말았다.

이러는 나, 참 한심했다. 나도 한심하다는 생각이 들었다. 그러나 어쩔 수 없었다. 누군들 이러고 싶어 이러고 있겠는가.

옆에서 보다 못한 선배 하나가 자신이 꾸리는 조그마한 출판사로 나를 끌어들였다.

"시를 적잖이 외웠고 책을 많이 읽어서 출판 일 하는 데 도움이 많이 될 거야. 너는 음악도 알잖아!"

그렇게 해서 출판사에 드나들기 시작했지만 나는 출판사마저도 오래 다니지 못하고 끝내 그만두고 말았다. 선배의 호의에 전혀 값하지 못했다. 시나 소설을 알고 음악을 아는 게 출판 일에 도움이 안 되는 건 아니었지만 이런저런 앎을 바탕으로 삼아 뭔가 새로운 걸 끄집어내기엔 의욕이 많이 모자랐다.

더구나 출판 일은 전문적인 편집자가 해야지, 나 같은 뜨내기가 할 만한 일이 아니었다. 물론 내가 전문적인 편집자가 될 수도 있겠지만 나는 그게 두려웠다. 뭔가에 전문적인 사람이 된다는 게…… 전문적인 사람이 되면 평생 그 일에 붙들려 살아야 하는 게 거의 공포 수준으로 느껴졌기 때문이다. 그래서 선배의 출판사도 몇 달 다니다 그만두고 말았다. 이 세상에 흥미로운 게 하나도 없어 그만 뛰쳐나와 버린 것이다. 어떤 일을 잘하는 것보다 즐기는 게 최고라는데 나는 즐길 만한 것이 없으니, 이게 병 아니고 무엇이겠는가. 하지만 이내 곧 병일까, 하는 생각이 들었다. 당연한 것 아닌가 싶기도 했다.

선배는 내가 걱정스러워 물끄러미 바라보았다.

"넌, 몽상가야. 그런 꼴로 이 험한 세상 어떻게 살 거니?"

"맞아요, 살 일이 걱정입니다. 하지만 난 몽상가는 아닙니다. 몽상하고 자시고 할 만한 것도 내 속엔 없어요."

솔직한 말이었다. 모두가 사회 변혁을 꿈꿀 때도 나는 사회 변혁은커녕 내 자신의 개조조차 자신이 없었다. 어쩌면 의욕 자체가 없다는 말이 더 적합한 말인지도 모른다. 하여튼 나는 매사에 의욕이 없다. 그런 내가 어떻게 사회를 개혁하고 자신을 개조하겠는가. 언감생심이지. 사실을 말하자면, 전문가는커녕, 낙오자가 되기 십상인 나. 그런데도 별 격정을 하지 않는 나. 나보다 주위 사람들이 더 걱정인 나……

출판사를 그만두던 날 그 선배는 애써 나를 다독거려주었다. 그런데 어이없게도 나는 선배가 다독거려주면 다독거려줄수록 어서 집에 가서 쉬고 싶다는 생각밖에 들지 않았다. 어쩌면 어서 이 세상이 아닌 다른 세상으로 튕겨져 나가버리고 싶었는지 모른다. 난, 내가 왜 그런 생각을 하는지조차 따져보지 않았다. 그저 피곤하기만 했다. 그래서 끊임없이 벗어나고만 싶었다. 관계 속에서, 일 속에서, 아니 현실 속에서…….

선배는 그동안 일한 대가라며 제법 두툼한 돈 봉투를 쥐여주었다. 그러나 나는 봉투 속에 오른손 엄지와 집게손가락을 집어넣어 두 손가락에 집히는 대로만 지폐를 꺼낸 뒤 그 봉투를 선배 앞에 되돌려준 뒤 도망치듯 사무실을 빠져나왔다. 일한 대가라면 이미 월급 명목으로 다 받았다. 그런데 선배는 월급 이상으로 나를 챙겨준 것이다.

"내가 한 게 있어야 돈을 받죠."

오히려 내가 선배에게 나를 거둬준 값을 내야 한다는 생각이 들었다. 그럴 돈도 없지만 말이다. 나는 나를 거둬준 값을 내기는커녕 볼멘소리만 잔뜩 늘어놓고 선배 앞을 물러났다. 선배는 줄곧 내가 투덜대는데도 조금도 나무라지 않았다. 그게 더 무겁게 느껴졌다.

사무실 계단을 뛰어 내려와 버스 정류장이 있는 한길 위에 서자 어지럼증이 밀려왔다. 순간적으로 눈앞이 핑 도는 것 같아 눈을 감았더니 잠시 후 괜찮아졌다. 그새 나는 가로수에 손을 짚고 있었다. 시내버스가 몇 대 와서 잠깐 섰다가 검은 연기를 꽁무니에 남기고 다시 떠났다.

'앞으로 뭘 하지?'

잠시 그런 생각이 들기도 했지만 지금 당장은 그런 골치 아픈 생각은 접어두기로 했다. 그래서 버스가 남기고 간 검은 연기 속에 골치 아픈 생각 모두를 던져버렸다.

'하여튼, 서울 탈출이다!'

그래서 나는 터미널로 가는 시내버스를 기다렸다가 탔다. 그런 다음 터미널에서는 광주 가는 고속버스를 탔다. 조금도 망설이지 않았다. 광주에선 목우암 아랫동네를 들르는 목포 가는 시외버스에 몸을 실었다.

소쩍새 울음소리

담배 한 개비를 꺼내 입에 물었다. 불을 붙여 한 모금 빨았지만 도통 맛이 없다. 웬일인지 담배 맛을 모르겠다. 서둘러 담배를 땅에 비벼 끈 뒤 자리를 털고 일어났다. 기왕 길을 나섰으니 부지런히 가야 할 것 같았다. 산길은 해 떨어지기 전에 가야 한다.

목우암 가는 산길은 세월이 꽤 흘렀는데도 별로 낯설지 않았다. 사람 다니는 길에까지 뻗은 나무의 뿌리가 더 드러나고, 잡목이 더 자란 느낌 말고는 옛날 모습 그대로였다.

산길을 오르는 일 역시 옛날과 마찬가지로 숨이 가쁘게 힘들었다. 제법 험준한 길이었다. 그도 그럴 것이 산이 몇 년 사이에 평탄

하게 주저앉았을 리는 없잖은가.

예전에 독서 모임 친구들은 앞에선 내 손을 잡아끌고, 옆에선 부축하고, 뒤에선 밀어주었다. 그러나 오늘은 혼자다. 친구들이 곁에서 밀어주고 끌어주어도 산길을 오르는 게 힘들었다는 기억뿐이다. 그런데 오늘은 곁에 아무도 없다. 산길 오르는 게 힘들기도 하지만 혼자라는 고립감이 어쩌면 더욱 힘들게 하는지도 모른다.

목우암이 자리한 산은 그리 높지는 않다. 하지만 바위가 많고 경사가 급해서 결코 쉬운 길은 아니다.

애써 아무 생각을 하지 않으려 애쓰며 한 발 한 발 올라갔다. 구부러진 곳을 한 번 더 지나면 산 정상이다. 산 정상에서 암자는 금방이다. 거기서부턴 한달음에 내달릴 수 있는 거리이다.

목까지 차오르는 숨을 내뱉기 위해 몇 번이나 멈춰 섰는지 모른다. 헐떡거리며 기어오르다시피 한 뒤에야 겨우 정상에 올라섰다. 그제야 새들이 지저귀는 소리가 귀에 들어왔다. 예전에 목우암에 있을 때 그곳 스님들과 같이 듣던 새소리였다. 일명 '홀딱 벗고 새'.

새는 4음절로 우는데, 새의 입장에서는 우는 게 아닐 수도 있지만, 마치 '홀딱 벗고! 홀딱 벗고!' 하는 소리처럼 들렸다. 그 소리에 질세라 '빡빡 깎은 새'도 큰소리를 내는데 마치 '빡빡 깎고! 빡빡 깎고' 같은 소리를 내는 것 같았다. 암자에 사는 사람들은 '휘파람

새'라 하기도 했고, '검은 등 뻐꾸기'라고도 했다. 절 식구 누군가가 보니, 새는 무릎바지가 마치 털 뭉치처럼 무릎 아래로 내려앉은 모습을 하고 있더라고 했다.

그 새는 어둠이 내리면 그때부턴 '소쩍! 소쩍!' 하는 소리를 낸단다. 그래서 '소쩍새'라는 이름이 붙었단다. 솥이 적다고, '솥적다! 솥적다!' 하고 울기 시작했는데 오래 울다 보니 '소쩍! 소쩍!'이 되었단다. 그러고 보면 같은 새가 아닌지도 모른다. 그러나 그런 거야 무슨 대수랴. 사람들은 자신들의 상태를 언제나 대상에 이입하여 드러내기를 좋아하는지도 몰랐다. 새들이 지저귀는 소리조차도 있는 그대로 듣지 못하고 자신들의 감정과 상태를 얹어 이러쿵저러쿵한다. 나아가 새는 우는 게 아닌지 모른다. 다만 산속에 사는 사람들이 스스로의 모습이나 행동을 새 울음소리 내지 새가 지저귀는 소리를 통해 그려내고 있을 뿐.

멀리 서해 바다에 집을 지어 들어가는 해가 무척 두텁고 희끄무레한 붉은 빛을 온몸에 힘겹게 감고 있었다. 해 떨어지는 곳이 아마 목포 앞바다쯤 되리라. 목포라는 작지 않은 도시를 뒤로 하고 바닷속으로 집을 지어 들어가는 해. 자고 내일이면 또 나오겠지.

그때도 그랬다. 그 바다에 떨어지는 저녁 해는 늘 힘겨운 표정이었다. 그 해를 바라보는 나도 같이 힘겨워했다. 어떤 날엔 지는 해를 바라보며 하염없이 눈물을 흘리기도 했다. 친구들은 숨 쉬기 좋은 곳이라 하여 목우암을 추천했지만 내게 숨 쉬기 좋은 곳은 대한민국 어디에도 없었다.

그땐 저 해가 바닷속에서 자고 다시 떠오르기 전에 나도 어서 다시 세상 속으로 들어갔으면 하는 바람뿐이었다.

나는 날마다 여기 산 꼭대기에서 해질 무렵의 시간을 다 보냈다. 그러나 해가 다 지고 나면 힘없이 다시 암자로 발길을 돌려야 했다. 그 무렵 내가 돌아갈 세상은 어디에도 없었다. 나중에 억지로 돌아가긴 했지만 나는 이미 그 세상의 사람으로 살아가기에 적합하지 않은 사람이었다. 나를 기다리고 있는 곳은 내가 바라던 세상이 아니라 병원이었으니까……

독서 모임 친구들은 나와 달리 몸이 시달린 사람은 없어 처음엔 몸 하나로 자신들을 세워 나갔다. 하지만 그 친구들은 학교를 벗어난 뒤엔 처음 뜻과는 너무나 다르게 변해갔다. 모두들 현재와 미래의 불안정과 불안감이 엄습해와, 처음과 달리 점차 망가지기 시작한 것이다. 나는 절망했다. 다들 씩씩하게 잘 살 줄 알았다. 그런데 그게 아니었다. 현실의 벽은 너무나 단단했다.

씩씩했던 친구들 모두 현실적인 어려움을 겪고 있다는 사실을 알고 난 뒤로 나는 그나마 가지고 있던 서푼 어치의 꿈도, 패기도 지는 해 앞에 모두 팽개쳐버렸다. 지금 생각해보면 내게 서푼 어치 정도의 꿈과 패기가 있기나 했는지조차 가늠이 잘 되지 않지만 말이다. 그저 나도 모르게 광장에 빨려 들어가고 촛불에 휩싸였는지도 모른다. 늘 나는 내일 다시 떠오를 해를 상정하지 않았다. 지는 해가 안타까웠을 뿐이다.

'벌써 해 떨어질 시간인가?'

그해엔 그토록 길던 봄날이었는데 오늘은 짧았다. 아니, 그보다도 서울에서 여기까지 오다 보니 이미 하루 시간이 다 걸렸는지도 모른다.

나는 예전에 늘 걸터앉아 있던 바위 쪽을 바라보았다. 무심히, 정말이지 바위는 무심한 표정 그대로 옛날과 마찬가지로 그 자리에 앉아 있었다. 옛날에도 저 바위는 날마다 지는 해를 아무 감흥 없이 저렇게 앉아 바라만 보고 있었다. 바위가 무슨 생각을 하는지 내 알 바는 아니었지만, 바위의 표정은 무심 바로 그 자체였다. 세월만 무심한 게 아니라 그땐 바위도 무심하였다.

'목우암에 누가 있을까?'

암자 쪽을 바라보며 알 만한 얼굴들을 열심히 떠올려보았다. 그러나 나를 알아볼 사람이 있을지 없을지 확신이 서지 않았다. 열일곱 살의 나머지 시간을 여기서 보내긴 했지만 다음 해에 다시 암자를 떠난 뒤 십 년 세월이 지났다. 무심한 십 년 세월……

십 년이면 강산도 변한다는데, 그 말처럼 적잖은 세월이 흐른 것이다. 그때의 절집 사람들이 아직까지 죽치고 앉아 있기엔 세월이 길었다. 더구나 절집 사람들은 유난히 떠돌지 않는가. 대여섯 달만 지나고 가봐도 주지 스님을 비롯하여 뒷방 차지한 나이 든 스님 몇 말곤 거의 얼굴이 바뀌어 있는 곳이 절집이다. 그런데 강산이 변할 만큼의 세월이 흘렀으니, 얼굴 아는 스님은커녕 주지스님조차도 그대로인지 모를 일이었다.

'주지 스님은 워낙 고령이어서 지금쯤은 아마……'

그런저런 생각의 틈을 비집고 목탁 소리가 울려왔다. 벌써 저녁 예불 시간이 된 성싶었다. 암자 쪽으로 내려가는 길을 따라 천천히 발길을 옮겼다. 될 수 있으면 최대한 천천히.

'내가 여기서 머리를 깎고 주저앉으면 당분간 이 고개를 다시 넘을 일이 없을 텐데……'

그렇게 되면 아까 긴바지와 한 약속도 지킬 수 없는 약속이 될지도 모를 일이었다.

암자 문 앞 우물가에 이르렀다. 남자 하나가 우물 쪽으로 등을 돌린 채 발을 씻고 있었다.

'혹시?'

김 처사가 아닌가 싶었다. 그렇게 생각하자 가슴이 뛰었다. 김 처사 같으면 나를 알아봐 줄지도 몰라서였다.

"아저씨!"

"어! 나 말이우?"

돌아본 남자의 얼굴은 늙수그레했다. 절에서 나무를 하거나 허드렛일을 하며 사는 김 처사가 맞았다. 반가움에 다짜고짜 물었다.

"처사님, 저 모르시겠어요?"

"글씨, 젊은이가 누구단가?"

김 처사는 이제 노인이 다 되어 보였다. 얼굴은 옛날보다 더 말라 보였으며, 수염은 그동안 하얗게 세어 있었다.

가족 상황이 어찌 되는지 모르지만, 어쨌든 절에 붙어사는 사람이었다. 그는 늘 뭔가 수심에 차 있는 표정이었다. 그러나 그는 절집 사람들 누구에게나 텁텁하게 대해줬다. 나도 그런 그를 편하게 대했던 기억이 났다.

"고등학교 그만두고 와 뒷방 쓰면서 약 달여 먹던……."

그때서야 비로소 김 처사의 얼굴이 알아보겠다는 표정으로 바뀌며 고개를 두어 번 끄덕였다.

주지 스님의 안부도 묻고, 그때 같이 생활했던 스님들의 안부도 물었지만 지금 절엔 그 누구도 없었다. 주지 스님은 짐작한 대로 열반하였고, 젊은 스님들은 그 사이 뿔뿔이 흩어져갔다. 오로지 김 처사만이 붙잡지 못할 세월에 몸을 맡긴 채 그때나 지금이나 나무를 하고 아궁이에 불을 지피며 암자에 간당간당 붙어살고 있었다.

나는 김 처사가 끄는 대로 공양간에 가서 밥을 몇 술 얻어먹은 뒤 곧장 김 처사 방으로 따라 들어갔다. 김 처사의 방에선 노인 특유의 냄새에다 담뱃내가 어우러져 묘한 냄새를 풍겼다.

나는 서울슈퍼에서 산 물건들을 김 처사 앞에 꺼내놓았다.

"처사님 아직 술 하시죠?"

옛날에도 김 처사는 이 절에서 유일하게 술을 마셔도 되는 사람이었다. 지게에 나뭇짐을 가득 지고 내려오거나 장작을 한 마당 가득 패고 난 뒤엔 꼭 맑은 소주를 마셨다. 그래야 잠을 잘 수 있다고 했다. 그런 김 처사를 위해 주지 스님은 장 보러 가는 사람 편에 반드시 김 처사 몫의 됫병 소주를 챙겨오도록 해서 김 처사가 술배를 곯지 않게 해줬다.

"오늘 장에 가믄 소주 사오는 거 절대로 잊어 묵지 말소잉! 법당 부처님이야 술을 안 드시지만, 목우암에서 부처는 법당에 계신 분만이 아닌께. 나무하고 밭 매는 이가 다 부처 아니겄어. 다른 부처는 몰라도 김 처사 부처는 술배가 안 차면 안 돼. 김 처사가 술배 곯고 있으믄 목우암 부처 죄다 곯어 죽고, 얼어 죽어! 그란께 소주 사

128

오는 것 절대로 잊어불믄 안 되네잉."

들기론, 김 처사는 1980년 광주 5·18 때 어린 아들을 잃은 뒤 이 곳까지 흘러들어 왔다고 했다. 그래서인지 장작을 패다 말고 멀리 절 건너편 산을 바라보고 서 있기라도 하면 어딘지 모르게 처연한 모습이 드러나 보이기도 했다. 그런 얘기를 듣기 전에도 어딘가 우울한 모습이 엿보였는데, 사연을 듣고 나자 처연한 모습의 속내가 더 확실하게 그려졌다.

절집 사람들은 모두들 김 처사를 좋아했다. 김 처사는 자신의 속내와는 달리 우스갯소리도 곧잘 하고 젊은 스님들을 아들이나 되듯이 정성스레 뒷바라지를 해주기도 했다. 그래서 운수 행각을 하다가 암자에 다시 돌아오는 스님들은 김 처사를 잊지 못하고 하다못해 두 홉짜리 소주 한 병이라도 허리에 꿰어 차고 왔다. 꼭 그래서만은 아니었지만 나도 그런 스님들의 흉내를 낸 꼴이 되고 말았다.

"처사님 한 잔 하십시오."

"요샌 몸이 옛날 같지 않아서……."

그러면서도 김 처사는 술을 사양하지 않았다. 나는 서둘러 새우깡 봉지를 텄다. 언젠가 젊은 스님 하나가 간식을 할라치면 기왕이면 양파깡보다는 새우깡을 먹는 게 낫다고 해서 웃은 적이 있었다. 절에선 고기 음식을 안 먹으니까 양파보다는 새우를 먹는 게 영양

보충에 도움이 된다고 해서였다. 나야 고기 때문에 애초에 머리를 못 깎지만…….

"절엔 뭣 땜시 왔단가?"

"그냥요……."

나는 매사에 그런 식이었다. 딱 부러지는 것이 없었다.

"그냥 절에 오는 사람이 어디 있단가? 아닌 것 같은디……."

"실은, 머리나 깎아 보려고요."

나는 대답이 궁해 마음에 없는 소리를 했다. 그렇다고 아주 틀린 말도 아니었다. 누군가 붙잡고서 머리를 깎아주면 깎을 수도 있겠다는 생각을 속으로는 하고 있었다. 하지만 이렇게 생각한다는 건 머리를 깎는 일에 대해 진지하게 생각하고 있지 않다는 반증이기도 하다. 사실 말이지, 머리를 깎고 출가하는 일이 어디 쉬운 일인가!

이런 내 속을 읽고 있기나 한 것처럼 김 처사가 고개를 가로저었다.

"중 노릇이 어디 쉬운 일이간디……."

김 처사는 두 번째 잔을 털어냈다. 예전엔 워낙 산중이라 전기가 들어오지 않았다. 지금은 전기가 들어와 천장에 알전구가 매달려 있다. 하지만 김 처사는 여전히 전깃불 대신 촛불을 켜고 산다. 그래서 한 2, 30년쯤 묵어 보이는 촛대 위엔 촛농이 용암처럼 엉겨 붙어 있었다.

소쩍새가 자꾸만 솥이 적다며 '소쩍! 소쩍!' 하고 우는지, 비명을 지르는지 모를 소리를 뱉어내고 있었다. 소쩍새 소리가 방문을 비집고 들어와 촛불을 흔들어댔다. 아마도 산 오를 때 '홀딱 벗고, 빡빡 깎고' 하는 소리로 들었던 새가 지금 '소쩍! 소쩍!' 하는 소리를 내고 있으리라.

소쩍새가 내는 소리에 촛불이 흔들리자 김 처사의 그림자도, 내 그림자도 같이 흔들렸다.

그해 봄날에도 소쩍새는 밤마다 내 방에 자신의 소리를 들이밀었다. 그때는 소쩍새 소리에 그림자만 흔들린 게 아니라 하루하루 겨우겨우 버티던 내 존재와, 내 존재의 바탕과, 나아가 세상의 모든 것이 같이 흔들렸다.

"학생, 절 생활은 찌그러진 인상으론 견뎌내지 못혀."

김 처사는 나를 '학생'이라고 불렀다. 김 처사 눈엔 내가 아직도 학생 티를 벗지 못할 정도로, 세상 물정 모르는 녀석으로 비친 것 같았다.

나는 달리 할 말을 찾지 못했다. 내 속을 꿰뚫어보기라도 하듯 불쑥 내뱉는 김 처사의 말이 가슴에 박혀왔기 때문이다.

곧 술병 바닥이 드러났다. 김 처사는 벽장에서 먹다 둔 술병을 꺼냈다. 그리고선 내겐 마셔 보라는 말도 없이 연거푸 서너 잔을 더 마셨다.

"사는 건 마을에서건 절에서건 마찬가지여. 어디에서든 술만큼 정직하게만 산다면 말이여."

소쩍새 소리가 조금 잦아들었다. 김 처사는 낮일이 고단했는지, 정직한 술의 취기를 못 이기는지 손에 쥐고 있던 담뱃불이 채 사그라들기도 전에 옆으로 쓰러졌다.

별은 하늘에 있는 것

잠에 빠져든 김 처사의 손가락에서는 여전히 담배 연기가 피어올랐다. 나는 김 처사의 손가락에서 타들어가고 있는 담배를 빼냈다. 나무 재떨이엔 꽁초가 수북하였다. 꽁초들 틈을 비집어 억지로 재떨이 한쪽에 담배를 눌러 비볐다. 이어 재떨이를 방 한쪽으로 밀친 뒤 술병이며 과자 봉지를 대충 치웠다. 그런 다음 촛불을 껐다. 밖으로 나가기 위해서였다.

촛불을 끄자 순식간에 어둠이 좁은 방 안을 채웠다. 어둠 속에 방문 틈으로 새어 들어온 달빛 한 줄기가 유독 밝은 자리를 만들었다. 나는 달빛이 새어 들어온 쪽으로 몸을 일으켜 세운 뒤 방문 고리를 더듬거려 찾았다. 방문을 밀치자 쉽게 문이 열렸다.

밖에 나와서 보니 절 마당과 산골짜기에 달빛을 배경 삼은 별빛이 무더기로 쏟아지고 있었다. 촛불은 겨우 문으로 닫힌 방 한 칸 정도를 밝혔지만 달빛과 별빛은 천지 사방을 환히 밝히고 있었다. 천지 사방 어디에도 어둠을 만드는 문은 없었다.

방문 앞마루에 걸터앉아 하늘의 별들을 무심히 쳐다보았다. 방 안에서 김 처사의 가래 끓는 소리가 나는가 싶더니 나에게 던지는 소리가 들렸다.

"별을 너무 오래 쳐다보지 말더라고잉. 별은 하늘에 있는 것이제, 땅 위에 있는 것이 아닌께 말이여."

잠든 줄 알았던 김 처사가 방 안에서 내 뒤통수에 대고 한 말이었다. 나는 멈칫했다. 그러다 고개를 한 번 끄덕였다. 마치 김 처사의 말에 대꾸나 하듯이……. 바로 신발을 찾아 신었다. 이어 요사채 뜰을 내려와 절 마당을 가로질렀다.

절 마당을 다 지나고 나자 내 발길은 자연스레 절 뒤쪽으로 난 샛길로 이어졌다. 절에 들어온 지 얼마 안 되는 젊은 스님들이 밤이면 신발 소리 죽여가며 걷던 길이었다. 그들이 별빛을 하나하나 밟았던 산길은 지난 세월 저잣거리에서 부대끼며 살던 때의 고뇌를 꽉꽉 밟아내던 길이었다. 나는 어느새 그들을 흉내 내고 있었다.

별빛이 지난 세월의 아픔인 양 소리 나지 않게 조심스레 밟으며 더듬더듬 걸어나갔다. 달빛은 새하얗게 내리쬐지만 산새 소리 하나 나지 않는 산길. 그 대신 밤 벌레들의 울음소리가 길을 채웠다. 돌부리 하나가 발에 걸렸다. 잠깐 몸이 휘청거렸다. 그러나 넘어지진 않았다. 그 순간 김 처사의 목소리가 다시 들리는 성싶었다.

'별을 너무 오래 쳐다보지 말더라고잉……'

사실 나는 별을 쳐다보기보다는 별을 밟고 있었다. 땅에 떨어진 별. 상당히 오래전에 하늘을 떠나왔다는 별…….

나는 달이 다 지고 밤이슬이 내릴 때까지 산길을 헤매고 다녔다. 달이 지고 없어 가끔씩 헛발을 딛는 바람에 몇 차례 비틀거리기도 했지만 밝음이 없는 세상이 내겐 오히려 편안했다. 어둠 속에선 되레 아무것도 의식하지 않아도 되기 때문이었다.

어둠 속에서 별은 더욱 빛났다. 그래서 밤에 길을 잃으면 별을 쳐다보고 방향을 잡는다. 그러나 김 처사는 별을 너무 오래 쳐다보지 말라고 했다. 하지만 나는 발을 헛디딜 때마다 혹시 그새 달이 다시 나오기라도 했나 하는 마음에 습관처럼 하늘을 쳐다보지 않을 수 없었다. 하늘은 달 대신 별을 가득 채우고 있었다. 어둠에 완전히 익숙해져서야 겨우 하늘을, 그리고 그 하늘에 떠 있는 별을 쳐다보지 않게 되었다. 발은 어느새 더듬거리며 어둠 속의 길을 잘 찾아내주었다. 밤길은 눈을 감고 가더라도 발이 알아서 걸어가게 해준다는 말이 맞았다.

밤새 그렇게 한 마리 산짐승처럼 산길을 돌아다니다가 새벽녘이 다 되어서야 김 처사 방으로 들어갔다. 날이 새기 전에 잠깐이라도 눈을 붙일까 하는 생각이 들어서였다.

바짓가랑이에 묻은 이슬을 털어내는데 인기척을 느낀 김 처사가 돌아누우며 중얼거렸다.

"내가 이 나이 살어보고서야 안 것인디, 사람 사는 건 개똥밭에 내리는 이슬 같기도 허고, 바위 이마빡에 쏟아지는 햇살 같기도 혀. 축축하게도 살고, 뜨끈뜨끈하게도 사는 법이제. 그라다 때 되믄, 속 다 문드러지고, 껍데기까정 다 말라지믄 가는 것이여. 그렇게 되기 전에 가는 것들도 있제만…… 그라믄 남은 이들 속이 다 문드러지고 껍데기까정 다 말라불제. 으짜든지 힘내서 되는 대로 살어야 되야. 씨잘데기 읎는 생각일랑 당최 허들 말고."

김 처사는 밑도 끝도 없이 알쏭달쏭한 말을 내뱉었다. 그런데 더욱 알 수 없는 건 내 속을 김 처사가 다 알고 있는 것 같은 느낌이 드는 거였다. 나는 김 처사에게 속을 다 보여주고 있는 것만 같았다.

김 처사 옆에 누웠지만 잠이 쉬이 오질 않았다. 김 처사의 몸에 선 술 냄새랑 땀 냄새랑 살 냄새가 뒤섞여 사람 냄새가 되어 풍겼다. 사람 냄새, 그해 봄 광장의 사람들에게서 어렴풋이 느끼던 냄새였다.

새벽 예불 소리를 어렴풋이 들었던가. 목탁 소리와 긴 염불 소리에 나도 모르게 어느새 스르르 잠이 들었던 모양이었다. 가까스로 잠이 깼지만 눈을 감은 채 있었다. 감은 눈으로 밖이 밝아온 게 느껴졌다. 이어 옆자리가 휑하니 비어 있는 것도 느껴졌다. 김 처사는 벌써 나가고 없었다.

그는 없지만, 그의 냄새는 방 안에 그득했다. 나는 수첩 한 장을 북 찢은 뒤 볼펜으로 휘갈겨 썼다.

— 김 처사님, 사람 냄새 잔뜩 맡고 돌아갑니다.
　　내내 건강하십시오.
　　먼 훗날 또 뵙지요.

사람 냄새 잔뜩 맡고 돌아가는 건 맞다. 내내 건강하기를 바라는 마음도 맞다. 그러나 먼 훗날 또 뵙지요, 라는 말은 내 스스로도 믿을 수 없었다. 그럼에도 그런 말을 쓰고 싶었다. 뭔가 기약하지 않으면 안 될 것 같았다. 인간은 막연하게나마 기약하는 것이 있어야 하루하루, 아니, 순간순간을 견디어 나가는 존재인지도 몰라서였다.

　방을 나왔다. 아침을 맞아 공양간이 있는 요사채가 시끌벅적했다. 해는 산등성이 너머로 많이 넘어와 있었다. 어차피 아는 스님도 없다 하니 굳이 그쪽으로 가서 인사를 할 필요도 없을 듯했다. 내가 목우암에 왔다 간 줄 아는 이는 김 처사하고 엊저녁에 공양간에서 내게 밥을 준 노 보살뿐이다. 그러나 그 노 보살은 내가 누군지도 모른다. 노 보살은 그냥 공양 때를 넘긴 젊은이 하나가 와서 밥을 먹었으려니 하고 생각했을 것이다. 굳이 인사를 하자면 김 처사를 찾아야겠지만, 김 처사에 대한 인사는 방에 휘갈겨 쓴 볼펜 글씨가 대신하리라.

　나는 뜻밖에도 너무나 빨리 산을 내려오고 말았다. 산을 올라갈 땐 힘들었는데, 내려올 땐 전혀 힘들지 않았다. 힘들지는 않았지만 올라갈 땐 못 보던 것들을 보았다. 비에 씻긴 산길, 아랫도리 뿌리가 다 드러나 아슬아슬하게 서 있는 나무, 바위에서 떨어져 나온 뾰족한 돌멩이…….

　긴바지와 일주일 뒤에 빛고을다방에서 만나기로 약속을 할 땐 적어도 일주일은 절에 있을 줄 알았던 모양이었다. 일주일이면 결코 짧은 기간이 아니건만 그때는 그 정도도 짧게 느껴졌던 모양이다. 내 마음을 나도 잘 모르면서 그땐 그럴 줄 알고 약속을 넉넉하게 일주일 뒤로 잡았는지 모른다. 사흘도 아니고 열흘도 아닌 일주일 뒤. 아마 사흘은 너무 짧고, 열흘은 너무 길게 느껴졌나 보다. 일주일이 적당하다고 느꼈던 모양이다.

산을 내려와 마을을 지나면서 보니 마을 건너 산 아래로 울긋불긋 치장을 한 상여가 지나가고 있었다.

저 멀리, 봄 아지랑이가 모락모락 피어오르는 들녘을 지나 산비탈 가까운 곳, 그곳에 만장을 몇 개 앞세우고 색깔 짙은 종이꽃으로 감싼 상여가 이제 막 푸른빛을 띠어 가고 있는 산을 배경으로 느리고도 아쉬운 걸음으로 떠가듯이 흘러가고 있었다. 아지랑이 속에 느리게 가끔씩 울리는 요령 소리가 섞여 있었다. 아지랑이도 천천히, 급할 것 하나도 없다는 자세로 피어올랐다. 바람이 아지랑이를 산 쪽으로 조금씩 몰아주었다. 상여가 아지랑이 속에 묻히어 보일 듯 말 듯하였다. 요령 소리가 아득하게 들려왔다.

'저렇게 느리게도 가는구나……. 하긴 마지막 가는 길인데, 급할 것 없겠지……. 그래, 천천히 느리게 가는 거지…….'

나는 누군지도 모르는 사람의 마지막 가는 길을 진심으로 애도했다. 죽음 앞에선 나도 어쩔 수 없이 엄숙해졌다.

마을을 빠져나온 뒤 어제 들렀던 서울슈퍼에 다시 들러 어제와 똑같이 소주 한 병과 새우깡 한 봉지와 담배 한 갑을 샀다.

긴바지와 만나기로 한 빛고을다방을 흘깃 쳐다보았다. 간판은 너덜거리는 채로 여전히 그 자리에 붙어 있었다.

긴바지와 한 약속이 다시 떠올랐다. 아쉬움이 밀려왔다. 무언가 사연이 있을 것 같은 아가씨였는데……. 그 사연을 내가 들어주어야만 될 것 같은 아가씨였는데……. 물론 나도 사연이라면 많다. 하지만 내가 지닌 사연은 별것이 아니다. 나는 그렇게 생각했다. 사연은 남이 가진 것이라야 그럴싸하다. 절대로 내 사연은 별것이 아니다.

그러나 긴바지와 한 약속을 지키자고 일주일씩이나 여기 시골구석에 머물 수는 없었다. 더구나 머물 곳도 없다. 이미 목우암에선 내려와 버렸다. 나는 갑자기 마음이 급해졌다. 서둘러야 했다. 어서 이곳을 떠나야 한다. 떠나서 사람들이 북적대는 서울로 다시 가야 한다. 무조건 서울로 빨리 돌아가야 한다. 갑자기 서울 가서 해결해야 할 일들이 많게 느껴졌다.

서울이 지겹고, 서울에서 할 일이 없고, 서울이 나를 가두는 것만 같아 일단 서울을 탈출하자고 떠난 나다. 그런데 갑자기 서울에 가서 해결해야 할 일이 많다고 느껴졌다. 내가 해결해야 할 일은 서울에서만 해결할 수 있다. 이런 시골구석에선 해결할 수 없다. 나는 조바심이 났다.

서울을 가기 위해선 먼저 광주로 가야 한다. 여기서 바로 서울로 가는 차는 없다. 광주에 가면 서울 가는 차는 몇 분 간격으로 쉴 새 없이 있다. 밤늦게까지, 아니 새벽까지 있다.

잠깐 기다리자 금세 광주 가는 차가 와서 멈추었다. 내리는 사람이 없어 바로 버스 발판에 올라탔다. 요금 통에 요금을 집어넣고 버스 실내를 한번 둘러본 뒤 나는 맨 뒷자리에 가서 앉았다. 운전기사의 통제권에서 벗어난 자리에 가 있고 싶어서였다. 그런다고 해서 내가 탄 버스의 운명에서 아주 벗어나는 것도 아니지만 말이다.

이내 곧 차가 출발했다. 고개를 뒤로 돌려 버스 뒤창을 통해 빛고을다방과 서울슈퍼가 가물가물 보이지 않을 때까지 오래오래 바라보았다. 다시는 볼 수 없을지도 모른다는 생각이 들었다. 다시 본다 한들 어제 오늘 본 모습으로 나를 맞아주지도 않을 것이다.

차가 제법 속력을 내기 시작했다. 차는 이 속도로 계속 달릴 것이다. 속도에 어지럼증이 나도 아무 때고 내릴 수 없다. 운전기사가 멈추고 싶어 멈출 때만 내려야 할 것이다.

나는 소주병 뚜껑을 땄다. 목우암에서 아침을 먹지 않고 내려온 터라 빈속이었다. 그러나 지금 나는 술을 마시지 않으면 안 된다. 술을 마실 때 대는 이유는 사실 이유가 아니다. 날이 좋아도 한잔, 날이 궂어도 한잔, 바람이 고요해도 한잔, 바람이 일어도 한잔, 기분이 좋아도 한잔, 기분이 울적해도 한잔. 그게 무슨 이유인가? 그러나 나는 지금 술을 마시지 않으면 안 된다. 술을 마시지 않으면 안 되는 게 이유다. 이유 같지 않은 이유. 나는 시방 목이 탄다. 목이 타는 까닭은 나도 모른다. 소주가 들어가면 나아질 것만 같다.

소주를 병째 들어 들이마셨다. 희석 소주 특유의 쓴맛이 목구멍을 타고 내려갔다. 나는 얼른 짭조름한 새우깡 한 점을 입에 들이밀고 아삭아삭 씹어댔다. 다행히 새우깡엔 생쥐, 아니 '어린쥐'가 들어 있지 않았다.

지난 세월들이 입안에서 바스락거렸다. 이어 고통스러웠던 날들이 뱃속에서 출렁거렸다. 온몸에 취기가 퍼져나갔다. 나는, 소주병 바닥이 비기 전에 잠이 들고 말았다. 버스 기사는 나를 광주 터미널에 부려줄 것이다.

영원히 오는 비는 없다

비가 다시 오기 시작했다.

그1, 그2, 그3은 벌써 소주병을 세 개나 비워냈다. 그들이 비워낸 소주병은 지금 포장마차 한구석에 쓰러지듯 누워 있다. 이미 비워낸, 그리고 아무렇게나 자빠져 있는 소주병에 관심을 가진 이는 아무도 없다.

그들은 지금 병 속의 소주만 비워내고 있는 게 아니다. 자신들의 뱃속에 들어 있던 말들을 마구 비워내고 있다. 사실을 말하자면, 소주를 매개로 뱃속을 가득히 채우고 있는 말들을 비워내고 있을 뿐이다. 그러기에 굳이 자신들이 비워내는 말들을 들어줄 사람이 필요하지 않다. 애초에 들어달라고 하지도 않았지만……

술을 두고 아버지가 한 말이 떠오른다. 수풀 속의 꿩은 개가 몰아내고 사람 뱃속의 말은 술이 몰아낸다는 말. 그래서 술을 마실 때면 언제나 말을 조심해야 한다고 아버지는 일렀다. 그 말의 진위를 지금 시험하는 중이다. 아버지 말이 맞다. 다들 뱃속에 들어 있는 자기 얘기를 뱃속 밖으로 끄집어내려고 애를 쓴다. 듣는 사람은 없다.

그들 모두 다른 세상 속에서 이 세상 속으로 나온 지 얼마 안 되는 사람들이어서 그런지 술을 마시는 일조차 쫓기듯 해치우고 있었다. 어쩌면 자신들이 속해 있던 세상에 어서 돌아가야 한다고 생각해서 서두르는 것 같기도 했다. 그들이 쫓기듯 해치우고 있는 건 술만이 아니었다. 어쩌면 지난 세월 동안 자기 안에 갇혀 있던 말들을 몰아내고 있는지도 몰랐다. 자신의 말들을 몰아내는 일에 바빠 남의 말을 들을 여유가 없다. 그들은 자신이 한 말 속에 지난 세월이, 지난 삶이, 자신의 모습이 들어 있다고 생각했다. 말은 곧 그들이다. 그1, 그2, 그3이다. 그들은 오직 그들이 내뱉는 말 속에만 들어 있다.

사람 사는 곳은 모두 같은 세상인 것 같지만 사실 백 사람이면 백 사람 모두 전혀 다른 세상에서 따로 저마다의 방식으로만 살고 있다. 결코 같은 삶은 없다. 그런데도 사람들은 비슷한 삶을 살기를 바란다. 자신부터 그러고 싶어 한다. 그러나 그건 애초에 불가능하다. 그러고 보면 오늘 만난 그들과 이 세상 사람이, 그들과 내가, 그리고 그들 서로조차도 다른 세상을 살고 있는지 모른다. 그러나 그들은 물론 나도 그렇게 생각하지 않는다. 다들 비슷하게 살아왔다고 느낀다. 그래야 편하다. 그런데 비슷한 건 잘못이다. 옳은 게 아니다. 아, 내가 왜 이런 생각을? 나는 그들과 뭐가 달라서?

그들의 말을 들으며 내가 토해내고 싶은 말을 생각해보았다. 그런데 나의 세월은 한 마디 말로, 아니 열 마디 말로도 규정할 수 없다. 규정되지 않는다. 열 마디는커녕 한 마디 말로도 규정 되지 않는 나의 삶. 규정할 수도 없는 나의 삶. 그래서 나는 입을 다문다. 할 말이 없다. 말과 현실 사이엔 틈이 있기 마련. 현실을 말로 다 설명할 수 없다. 그래서 나는 입을 다문다. 어차피 나의 말로 나의 현실을, 나를 설명할 수 없는 줄 알기에……

짧은치마가 마침내 국수를 다 먹고 일어섰다. 짧은치마는 국수를 먹는 동안 그들이 하는 말을 다 들었을 것이다. 그러나 아무런 말이 없다. 도대체 남의 말엔 관심이 없는 듯, 무심한 듯한 저 표정. 굳게 다문 저 입술. 입술이 얼굴 전체의 분위기를 압도하고 있다. 짧은치마는, 지금.

나도 짧은치마를 따라 일어섰다. 그1, 그2, 그3이 의아한 눈초리로 나를 바라보았다. 그러나 나와는 달리 그들은 짧은치마에겐 관심을 두지 않았다. 그냥 나는 그들에게 고개를 한 번 까닥, 했다. 그들 모두 내뱉고 있던 말을 멈추고 고개를 끄덕였다. 그러나 나에게 묻지 않았다. 왜 일어나느냐고 물음직도 한데 묻는 이가 없었다. 그러기에 나라도 한마디 내뱉어야 할 것 같았다. 그래서 그들을 천천히 둘러보며 말했다.

"잠깐만, 여기 그대로 있어. 조금 있다 다시 올게."

그 말을 했는데도 그들은 묻지 않았다. 나는 그들에게 군이 설명을 할 필요가 없어 바로 포장마차 밖으로 나왔다. 밖에는 비가 내리고 있었다.

짧은치마는 우산을 펼쳐 든 채 빗속으로 걸어 들어가고 있었다. 나는 얼른 뛰어가 짧은치마의 우산 속으로 끼어들었다.

우산 속은 또 다른 세상이었다. 비오는 세상에서 비 내리는 하늘을 가리고 있는 우산의 폭만큼은 비가 오지 않는 세상이었다. 그렇다면 사람들은 저마다 여러 세상을 사는지 모른다. 조금 전에 포장마차 안에 있을 때도 그 안의 세상은 분명 포장마차 밖과는 다른 세상이었다.

"우리, 빛고을다방으로 갑시다."

나는 다짜고짜 '빛고을다방'을 들먹였다. 내가 왜 그렇게 말했는지 모른다. 그 순간에 그냥 그렇게 말하고 싶었다. 그렇게 말해야 될 것 같았다……. 짧은치마는 알 듯 말 듯한 미소만 띤 채 아무 대꾸를 하지 않았다. 나는 조바심이 나 또 빛고을다방을 들먹였다.

"빛고을다방이 있는 곳에도 비가 올까요?"

"아마 빛고을다방에도 지금 비가 내리고 있을 겁니다!"

나는 내 자신이 왜 그러는지도 모른 채 빛고을다방을 계속 들먹였다. 마침내 짧은치마가 대꾸를 했다. 무덤덤하기 짝이 없는 목소리였다.

"빛고을다방은 딴 세상이에요."

"예?"

정말이지 엉뚱한 말이었다. 하지만 나는 짧은치마가 입을 열었다는 사실만도 다행스러워서 계속 말을 해댔다. 나부터도 많은 의미를 부여하지 않은 말을…….

"그럼, 그곳엔 비가 오지 않을까요?"

"비는 사람 사는 곳에만 와요."

"예? 아, 예."

알 듯 말 듯했다.

억지로나마 다니던 출판사를 그만두고 도망치듯 서울을 빠져나가던, 그러니까 목우암을 찾아가던 그때 버스에서 만날 땐 긴바지를 입었던 아가씨가 이제는 짧은 치마를 입고 나타났다. 그런데 그는 계속 알 듯 말 듯한 소리를 해댔다. 나는 당황스러웠다. 그래서 의미가 있든 없든 내 말을 나도 내뱉었다. 절대로 뒷걸음치지 않았다. 왜냐하면 나도 그새 이 세상 속에서 나름대로 닳아질 만큼 닳아졌기 때문이다.

"그땐 죄송했습니다. 약속을 지켰어야 했는데……. 그 뒷날 바로 서울로 오게 되어버렸어요."

"어차피 이 세상에서 지켜지는 약속은 하나도 없어요."

"무슨 말씀이신지?"

"산다는 것은 약속을 깨 나가는 것이니까요!"

"예? 아, 예."

빗줄기가 더욱 세게 우산 지붕을 때렸다. 내 발밑에서도, 짧은치마의 발밑에서도 땅바닥에 떨어져 낮은 곳으로 흘러가기를 마땅치 않아 하는 빗방울이 튕겨 올라왔다.

짧은치마는 계속 말없이 걷기만 했다. 나는 짧은치마의 옆모습을 훔쳐보았다. 길게 내려 뻗은 콧잔등, 가지런한 눈썹, 그린 듯이 매끄러운 입술이 순식간에 내 눈 안에 들어왔다. 역시 입술이 가장 낯익었다. 얼굴 분위기를 압도하고 있는 입술. 짧은치마의 표정은 전부 입술에서 묻어났다.

'어디서 봤더라?'

나는 짧은치마의 입술을 계속 내 머릿속에 띄워놓고 기억을 더듬었다. 그러나 목우암 갈 때 말곤 도무지 기억이 나지 않았다. 그래서 이제 와선 더더욱 의미도 없을 것 같은 말을 꺼내 상대와 나 사이의 틈을 메웠다. 아무 말이라도 해야 그 틈이 메워질 것 같아서였다.

"그때 목우암 아랫마을에 초상이 났더군요……."

"사람 사는 곳에선 사는만큼 또 죽어야 하니까요."

짧은치마가 역시 무덤덤하게 대답했다. 나는 내친김에 그날 느꼈던 바를 쏟아냈다.

"푸릇푸릇한 산에 울긋불긋하고 느릿느릿한 상여, 뭔가 슬프면서도 그윽하다는 느낌이었습니다."

"제 할머니가 그날 그 상여를 타고 가셨지요."

역시, 무덤덤하게 대답했다. 나는 약간 놀랐지만, 애써 내 속마음을 누르고, 나도 무덤덤하게 대꾸했다.

"예, 그랬었군요."

짧은치마가 뜻밖에도 길게 말했다.

"우리 할머니, 젊어서 육이오 만나 혼자 되셔서 고생 많이 하셨

죠. 우리 아버지는 유복자예요. 할아버지 얼굴을 모르지요. 할머니
혼자서 아버질 키우시느라 고생 많이 하셨죠. 그런데 아버지는 광
주 오일팔을 만났죠. 그땐 내가 태어나기도 전인데 이제 막 골목에
나가 놀 정도로 어린 오빠가 총상을 입고 그만 세상을……, 아버지
는 몹시 절망하셔서 목우암으로……."

그 순간 목우암의 김 처사 얼굴이 떠올랐다. 그러고 보니 김 처
사의 입매와 짧은치마의 입매가 닮은 것 같기도 했다.

내 머릿속이 바빠졌다. 목우암에서 새벽에 김 처사가 안 보인 것
은 아마도 짧은치마의 할머니 장례식에 참석해야 해서 그랬는지
모른다. 그렇다면 김 처사의 어머니가 짧은치마의 할머니? 그럼 왜
하필 장례식 날이 되어서야 집에 갔을까? 그 전에 이미 초상 치를
준비를 해야 하지 않았을까? 목우암에 올 때 마을 지날 때 들으니
그때 벌써 울음소리가 나던데? 나는 다짐했다. 모를 일에 너무 집
착하지 말자……. 다 뭔가 그럴 만한 사정이 있었겠지…….

그렇다면, 전날 마을을 지날 때 들리던 울음소리는 짧은치마의
할머니, 아니 김 처사의 어머니가 세상을 떠서였나? 뜰 것 같아서
였나? 그런데 김 처사는 목우암에 그날까지 그냥 있었는데? 나의
머릿속에선 여러 상황이 재빨리 재구성되기 시작했다. 그러나 확
실한 것보다는 의문투성이인 채로 남는 게 더 많았다. 다시 다짐했

다. 모를 일에 너무 집착하지 말자……. 다 뭔가 그럴 만한 사정이 있었겠지…….

짧은치마와 나는 이미 알고 있는 얘기를 그저 확인하는 듯한 정도의 느낌으로 얘기했다. 그래서 서로 간에 조금도 놀라지 않았다. 어쩔 수 없이 또 침묵이 흘렀다.

이제 한 가지는 분명해졌다. 김 처사는 짧은치마의 아버지다. 김 처사는 광주 5·18 때 어린 아들을 잃었다고 했다. 짧은치마의 오빠가 김 처사의 아들인 게 틀림없다. 나는 재빨리 머리를 휘저어 얼추 나이를 맞추어보았다. 거의 맞는 것 같았다. 내 머릿속에 한 가족이 재구성되었다. 그러나 내가 재구성한 그 가족 구성원들 모두 지금 저마다 있어야 할 자리에 있지 않다. 다 다른 세상 속을 살고 있다. 어떤 구성원은 영원히 돌아올 수 없는 세상으로 아예 가버리기도 했다. 그럼에도 남은 이들은 가버린 이들의 몫까지 짊어지고 헐떡여야 한다. 오롯이 자신만의 세상을 살지 못하는 것이다. 갑자기 내가 생각이 많아졌다. 나 원래 이런 사람이 아닌데…….

지나가는 사람들이 힐끔힐끔 우산 속을 훔쳐보기도 했다. 그들이 보기엔 이 우산 속이 자신들의 세상과는 또 다른 세상인지도 몰랐다.

짧은치마는 발밑에서 튕겨 오르는 빗방울만을 내려다보며 걷느라 주위 사람들의 눈길은 거의 의식하지 않았다.

나는 짧은치마의 발밑에서 튕겨 오르는 빗방울의 숫자를 세기 시작했다. 내 나이인 스물일곱만큼 셌을 때 짧은치마가 말을 꺼냈다. 그 순간 나는 짧은치마도 스물일곱만큼 나이를 먹었을지 모른다는 생각이 들었다. 스물일곱이면 아가씨라는 말이 아직은 어울리는 나이이다. 그런데 왜 나는 포장마차에서 짧은치마를 처음 봤을 때 아가씨라는 말을 어색해했을 거라고 생각했을까? 그것 또한 나만의 덮어씌우기였을 것이다.

짧은치마는 눈 한 번 깜빡이지 않고 내 눈을 바라보았다. 그 눈길이 얼마나 강했던지 나는 그만 짧은치마의 눈 속으로 빨려 들어가고 말았다.

짧은치마가 다그치듯 물었다.

"서울보다 목우암이 더 낫던가요?"

"뭐, 꼭 그렇다고 하기엔……."

무슨 대답을 해야 할지 몰라 얼버무렸다. 그러나 나는 내 자신이 짧은치마 앞에 온전히 서 있다는 사실에 적이 안심했다.

짧은치마가 무덤덤하게 말했다.

"난, 서울이 좋아요."

"그러세요? 무슨 이유라도?"

나는 아무 생각 없이 '이유'를 들먹였다. 짧은치마의 목소리가 갑자기 커졌다.

"이유요? 매사 그렇게 따지기 좋아하세요?"

"아니, 뭐, 습관이 되어서……."

나는 당황스러웠다. 짧은치마는 말 한 마디도 아무 생각 없이 하지 않는 듯했다. 난 그게 부담스러웠다.

"좋아하는 건 언제나 이유가 없어요. 이유가 있어서 좋아하는 건 금세 싫어하게 되지요. 좋은 건 그냥 좋을 뿐이에요. 싫어하는 것도 마찬가지예요. 이유가 없죠. 그냥 싫을 뿐이지요. 난, 그게 습관이지요."

"하지만……."

"사는 게 그런 거예요. 댁처럼 이유나 따지고 있기엔 세상이 너무 여럿이에요. 자신이 사는 세상이 전부인 줄 알지만 아니지요……. 내가 살지 않는 세상이 이 세상엔 더 많으니까."

짧은치마는 거기까지 말하고 나서야 빨아들이듯 하던 눈길을 거두었다. 하지만 나는 여전히 짧은치마에게 계속 빨려들어 가고 있었다. 아까 포장마차에서 국수 가락 빨리듯 빨려들던 느낌 그 이상으로. 그나마 다행이라면 이번엔 아까처럼 발버둥치지 않아도 된다는 것이었다.

조금씩, 같은 우산을 받치고 서 있다는 일차적인 사실만으로도 짧은치마와 나는 같은 세상 속에 서 있는 느낌이 들었다.

빗발이 점점 가늘어졌다. 짧은치마는 우산을 접었다. 우산을 쓰지 않아도 될 만큼 비는 멎어 있었다.

나는 하늘을 쳐다보며 말했다.

"비가 멈췄군요."

"영원히 오는 비는 없지요."

우산을 접고 나자 나와 짧은치마는 또다시 다른 세상을 나누어 가지게 되었다.

"난, 약수동 가는 버스를 타요."

얼마 기다리지 않았는데도 짧은치마가 기다리는 '약수동'행 버스가 와서 금세 정류장에 멈춰 섰다.

짧은치마는 내게 눈길 한 번 주지 않고 버스에 올라갔다. 올라가서도 바깥쪽으로는 고개 한 번 돌리지 않고 버스 뒤쪽으로 걸어 들어갔다.

나는 짧은치마가 탄 버스를 멀거니 바라보며 하나, 둘, 셋……, 세기 시작했다. 버스 뒤창에 붙어 있는 약수동이라는 글씨가 점점 '약속동'으로 보이면서 차는 멀어져갔다. 내가 스물일곱을 다 세기도 전에.

저 입술이 낯익다

짧은치마가 타고 간 버스 꽁무니만 하릴없이 멍하니 바라보다가 나는 새삼 그들을 떠올리고 포장마차로 돌아왔다.

그1, 그2, 그3은 여전히 소주병을 비우고, 꼼장어를 씹고, 국물을 들이켜고 있었다. 아니, 그들은 뱃속을 채운 그만큼 다시 비우고 있었다. 그동안 뱃속에 갇혀 있던 말들. 그들은 계속 뱃속의 말을 밖으로 몰아내고 있었다. 뱃속에 갇힌 말들이 많다는 건 그만큼 다른 세상에서 많은 세월을 살아버렸다는 얘기이기도 하다.

나하고 전혀 다른, 다를 수밖에 없는, 그들은 그사이 나와 다른 세상을 살았다. 당연한 일이다. 짧은치마는 당연한 건 없다고 했지만 말이다. 나는 어느새 짧은치마가 한 말을 의식하고 있었다. 앞으로도 의식할 예감이 든다. 국수 가락을 빨아들일 때부터 짧은치마로부터 벗어나기 힘들 것 같은 느낌이 들었다. 순전히 느낌이었지만, 맞아떨어져 간다. 어쩔 수 없다. 이게 현재의 나다. 내 모습이다. 안 빨려 들어가려 몸부림치지만 빨려 들어갈 수밖에 없던 국수 가락 같은, 나. 나는 시방 짧은치마를 의식하고 있다.

어쩌면, 그들 처지에선 지금 바로 이 순간에도 새로운 세상을 살아내고 있는지도 몰랐다. 그들은 자신들이 돌아온 세상을 마시고, 씹고, 들이켰다. 그들 처지에서 보면 아직 이 세상은 그저 마시고, 씹고, 들이켜야 할 대상으로 느껴졌으리라. 뱃속에 담겨 있던 자신의 세계를 토해내고 새로운 세상을 담고 있는 걸 보니, 그런 생각이 들었다.

그1이 고개를 들었다.

"이제 집에 가자. 비도 멈추지 않는데······."

그2가 고개를 떨어뜨렸다.

"집은 무슨······, 잠수함 뜰 시간이다. 날 궂은 날은 시간을 제대로 못 맞추기도 하지만······."

그3이 고개를 흔들었다.

"이런 날은 그냥 아무 데나 휙휙 돌아다니면서 사냥질이나 하는 게 좋지. 비도 금방 멈출 거야."

나는 굳이 더 보탤 말이 없었다. 비가 오든 멈추든, 잠수함이 뜨든 말든, 사냥질을 하든 말든, 나는 좀체 흥미가 일지 않았다. 그런 일은 나와는 아주 다른 세상의 일로만 느껴졌다. 포장마차 주인아주머니도 별 관심이 없는지 손님인 그들이 무어라 하든 말든 가벼운, 의례적인 맞장구조차 치지 않고 칼질만 열심히 하고 있었다. 아주머니는 간혹 칼을 내려놓고 도마를 행주로 훔쳤다. 무심히, 무심히 같은 동작을 되풀이했다. 그러나 그들은 아직도 무심하지 못하고 뭔가에 열을 냈다. 아주머니의 그런 동작이 어쩌면 맞장구인지도 몰랐다. 무심한 듯하면서도 손님이 편하게 열 낼 수 있게 하는 동작.

그사이 비는 멈추어 있었다. 그들의 세상에서 그들이 느끼지 못했을 뿐이다. 사실 비가 오든 멈추든 이 세상은 그들이 옛날에 사랑하던 세상이 아니었다. 아직도 그들은 옛날을 살고 있었다. 자신들이 가장 뜨겁게 사랑했던 그 시절. 그들은 거기에 붙들려 있었다. 시절을 사랑하는 만큼 자신의 그때 모습을 사랑하고 있는지도 몰랐다. 그때의 자신이 가장 사랑스러웠으리라. 그렇지 않겠는가. 나름 빛나던 시절이었을 테니! 물론 나도 그랬다……. 빛나던 시절이었다고 기억하자…….

그1, 그2, 그3은 모두 목 놓아 슬피 울었다. 언제부터 이들이 울음을 좋아했는지 몰랐다. 그들이 울자 나도 덩달아 울었다. 그냥 울었다. 울고 싶었다. 술자리는 함께 우는 것으로 파했다. 술자리를 파하면서 우리가 함께할 수 있는 일은 함께 우는 일뿐이었다.

다들 모르긴 몰라도 지금의 자신들의 모습을 보고 슬퍼서 울 것이다. 옛날과 다른 모습을 보이는 자신들의 모습. 그들의 울음소리는 목우암이 있는 산의 새 울음소리보다, 아니 목우암을 가운데에 두고 산 여기저기서 밤새 울어대는 밤 벌레 소리보다, 사실은, 덜 슬펐다. 나는 그곳의 슬픔을 안다. 그들은 그곳의 슬픔을 모른다. 그저 자신들의 슬픔만이 느껴질 뿐이다. 그래서 울 것이다. 그렇다면 나도 실은 내 슬픔에 겨워 우는 것일까? 지금?

나는 울음을 멈추고 그들의 울음소리를 다시 들었다. 뭔가 할 일이 있다고 느껴져서였다. 그렇다. 그들의 나이를 다시 따져봐야 한다. 나는 그들의 울음소리를 들으며 그들의 나이를 세어보았다. 왜 이제야 그들의 나이를 세어볼 생각을 했을까? 친구니까 당연히? 동갑이니까 친구라서 당연히? 짧은치마는 이 세상에 당연한 건 없다고 하지 않던가? 나는 당연히 그들이 나와 같은 나이 스물일곱 살이라는 결론을 내렸다.

'벌써 스물일곱이야.'

'그래 스물일곱이다. 더 이상은 못 세겠어.'

나는 다시 혼자 묻고 답하기 시작했다. 아니, 어쩌면 두 사람, 세 사람, 아니 그보다 더 많은 수십 명의 사람이 내 속에서 묻고 답하는지 몰랐다. 그들은 셋, 나 포함하면 넷. 지금 눈앞에 스물일곱 먹은 이들은 모두 넷인데도 말이다. 어쩌면 짧은치마도 스물일곱인지 모른다.

'얘들은 왜 스물일곱 살이지?'

'나랑 같은 나이니까.'

'그럼 스물일곱 해를 살았으니까, 스물일곱 해만큼의 세상을 산 건가?.'

'스물일곱 해를 살았다고? 천만에 스물일곱 해만큼 죽은 거야!'

'죽었다고?'

'그럼, 산 만큼 죽었어. 아니야, 아니야, 죽은 만큼 산 것인지도 몰라.'

'그러면 삶과 죽음이 둘이 아니고 하나란 말이 맞는 건가?'

'거창하게 생각할 건 없고, 하여간 삶 끝에 죽음이 있어. 어쩌면, 죽음 끝에 삶이 있는 것인지도 몰라!'

다시 비가 내리기 시작했다. 하지만 짧은치마의 말마따나 비는 사람 사는 데에만 오는지 몰랐다. 그럼 여기서 우리는 지금 살고 있는 건가? 아니 우리가 사람이긴 하나?

'나, 이제 가야겠다.'

'어디로?'

'빛고을다방이나 목우암으로.'

'그런 곳은 이 세상에 없어.'

'아냐, 있어.'

'어디에? 세상 끝에?'

'응. 내 속 어딘가에라도 분명 있어.'

'그래? 그러면 가봐.'

'가야지. 가라고 안 해도 가봐야지.'

다시 비가 멈췄다. 짧은치마의 말이 맞았다. 영원히 오는 비는 없다고 했다. 오늘, 다시 비가 오고, 다시 비가 멈추고 하기를 몇 차례인가? 사람 사는 데에만 비가 내리고, 또 영원히 오는 비는 없다고? 짧은치마의 말이 귓가에 맴돌았다. 나는 지금 짧은치마의 말에 갇혀 있다. 그 말 속에서 빙빙 돌고 있다. 이윽고 내가 짧은치마의 말이 되고 만다.

비가 멈추자 세상의 포장도 같이 걷혔다. 사람들이 거리에 쏟아져 나온 것이다. 그1, 그2, 그3은 이미 거리 속으로 묻혀 들어가고 말았다. 그들은 여전히 새로운 약속 없이 옛날의 묵은 약속 아래 살고 있었다. 사실 묵은 약속은 이제 사람들이 많은 곳에선 이룰 수 없다. 그런데도 그들은 아직도 사람 많은 세상 속이 좋은 모양이었다. 그래서 거리낌 없이 사람 많은 거리로 성큼성큼 걸어 들어간 것이리라. 사람 많은 곳에서 오로지 자신만의 세상 속으로.

나는 다시 그들의 묵은 약속을 떠올려보았다. 절대로 깨질 것 같지 않은 약속이었다. 그들은 어쩌면 지금도 약속이 깨지지 않는 세상 속으로 다시 걸어 들어가고 있는지 몰랐다. 성큼성큼…….

나도 덩달아 거리의 사람들 속으로 슬며시 빨려들어 갔다. 차들이 요란한 소리를 내며 오갔다. 시끄러운 차 소리를 듣지 않으려고 귀를 막았다. 그 순간 뜻밖에도 내 귀에 소쩍새 울음소리가 들려왔다.

산에서만 들을 수 있는 새의 소리. 그런데 지금 그런 새소리가 들려왔다. 어딘지 낯익은 소리다. 목우암에서 듣던 소리다. 이어 목우암의 어두웠던 방이 밝아졌다. 촛불이 켜진 것이다. 목우암의 골방이 광장으로 변했다.

이 도시, 서울이라는 거대한 도시가 목우암의 골방처럼 소쩍새 소리 따라 꽉 차 보이기도 하고, 흔들리기도 하고, 뒤집어지기도 하는 듯했다. 이어 촛불에 방 안이 밝아지듯 도시도 밝아지기도 하고 촛불이 흔들릴 때 도시도 같이 흔들리기도 했다.

서울이 더 흔들리거나 더 뒤집어지기 전에 어디든 가야 할 것 같았다. 하지만 어디든 갈 필요가 없을 것 같기도 했다. 김 처사의 말마따나 세상은 축축하기도 하고 뜨끈뜨끈하기도 한 것이니까. 어쩌면 세상은 빛고을다방과 목우암을 동시에 꿈꾸는지도 모르니까.

발등에 소쩍새 소리 한 가닥이 내려와 꽂혔다. 그 소리에 세상이 다시 휘청거리는 듯했다. 나는 몸의 중심을 바로잡으려고 덩달아 휘청거렸다. 같이 흔들림으로써 오히려 서 있을 수 있다. 그렇게 느끼고 휘청거린 것이다. 휘청거린 건 어쩌면 제대로 서 있고 싶은 욕망 때문인지도 몰랐다. 잘 흔들려야 잘 서 있을 수 있다지 않은가.

그 순간, 저 소쩍새는 자신의 몸속에 몇 년 전의 일까지 기억하고 있기에 지금 저렇게 슬피 울고 있을까, 하는 생각이 들었다. 새소리를 함부로 운다고 하지 말아야지 생각하지만, 지금 소쩍새는 울고 있을 것이라고 판단했다. 기억이 울게 하기 때문이다. 사람도 같을 것이다. 기억 때문에 울 것이다. 기억하지 못하면 울 필요가 없을 것이다. 그렇다면 나는 몇 년 전의 일들을 기억해낼 수 있고, 끄집어낸 기억 따라 꺼이꺼이 울 수 있을까?

살아 있는 존재들의 울음이란 저마다 기억할 수 있는 일들에 대한 엄숙한 반응일 것이라는 생각이 소쩍새 소리의 끝자락에서 묻어난 것이다. 나로선 대단한 발견이다.

소쩍새 소리 한 가닥이 다시 내 발등에 내려와 꽂혔다. 그 소리에 나는 깜짝 놀랐다. 발등이 따가운가 싶더니 뜻밖에도 먼 기억의 구멍 하나가 열렸다. 이어 세상 하나가 눈앞에 펼쳐졌다.

그 세상에선 짧은치마, 아니 긴바지가 손나발에 오므린 입술을 바짝 붙이고선 자신이 하고 싶은 말을 힘껏 외치고 있었다.

"여러분, 새로운 세상은 반드시 오고야 말 것입니다! 우리는 이 미친 세상을 반드시 끝내야 합니다. 지금 세상이 미쳐 있습니다. 미친 소! 미친 관료! 미친 정부! 지금 누구를 탓해야 합니까? 우리도 다 미쳐 있습니다. 여러분! 이즈음에서 끝냅시다. 미친 세상!"

나는 두 손바닥을 딱 소리가 날 정도로 마주쳤다. 아주 어렸을 때, 엄마 앞에서 짝짜꿍, 아빠 앞에서 짝짜꿍 하며 손뼉 치며 노래 부를 때 말곤 처음으로 소리 나게 손바닥을 부딪친 것 같다. 손뼉을 세게 치자 덩달아 막혀 있던 구멍 하나가 뻥 뚫렸다.

'아, 저 입술이 낯익다!'

이어서 그해 봄날의 광화문 광장의 풍경이 떠올랐다. 촛불 시위대 맨 선두에서 촛불 소녀 하나가 손나발을 만들어 뭔가를 외치고 있었다. 촛불 소녀의 입술이 달싹일 때마다, 사람들이 들고 있는 촛불들이 곧바로 출렁거렸다. 이어 드넓은 광장이 출렁였다.

곧이어 풍경 하나가 더 떠올랐다. 산길이었다. 그1은 내 앞에서

손을 내밀어 나를 끌어주고, 그2는 내 곁에서 나를 부축했으며, 그
3은 내 뒤에서 허리를 받치며 밀어주는 풍경이었다. 너무나 선명
한 풍경이었다. 세상에서 밀려 나갈 때에조차 나는 다른 이들의 도
움을 받았던 것이다.

나는 발등에 아직 붙어 있는 소쩍새가 내는 소리를 두 손으로 조
심스럽게 담아 올렸다. 제법 묵직했다. 소쩍새의 '소쩍! 소쩍!' 소
리가 그렇게 무거울지 미처 몰랐다. 소리는 아주 가벼울 것이라 생
각했다. 더구나 새소리는 새털만큼 아주 가벼울 것이라고 생각했
다. 그런데 막상 소쩍새 소리를 담아 올려 보니 묵직했다. 새삼 놀
랐다. 새소리도 가볍지 않구나!

나는 소쩍새 소리를 담은 두 손 안을 들여다보았다. 그러자 이내
곧 엉엉 소리가 크게 날 정도로 내 입안에서 울음이 쏟아져 나왔
다. 내 자신도 모르게, 기억의 구멍에서 쏟아져 나오는 것들에 대해
내 나름대로 경건하다면 경건하다고 할 반응을 보인 것이다.

나와 그들과 긴바지, 아니 짧은치마 모두 어쩌면 자신들이 견디
어낸 햇수만큼의 매듭에 묶여 있었던 것 같았다. 울음소리를 한 번
낼 때마다 매듭이 하나씩 풀리는 느낌이었다. 그 느낌은 일찍이 겪
어보지 못한, 전혀 새로운 것이었다.

내가 울고 나자 사방에서 소쩍새들이 다시 '소쩍! 소쩍!' 하는

소리로 화답했다. 그러나 새로 흔들리거나 휘청거리는 것은 없었다. 촛불의 밝은 빛이 온 거리를 채우고 있을 뿐이었다.

비 개인 봄날 저녁이었다.

'촛불'의 명상

김영욱(아동청소년문학 작가, 번역가)

"빛은 언제나 다른 빛과 동등하다.

그리고 빛은 변모되었다. 빛은 빛에서 흐릿한 여명이 되었고,

(……) 그리고 희망은 새로운 빛을 지녔다."

—P. P. 파솔리니, 「저항과 그것의 빛」(1961)

　반지하 방의 어둠에 묻혀 하루 종일 잠만 자는 '루저'의 삶을 살고 있는 것처럼 보이는 스물일곱 청년이 있다. 어둠을 잃어버리고 어둠을 즐기지 못하는 동시대인들과 달리, 이 청년에게 어둠은 이미 익숙한 것이다. 어느 비 오는 봄날, 어둡고 좁은 방 안에 촛불이

너울거리며 점차 환해지는가 싶더니, '우―' 하는 함성 소리와 함께 손나발에 입술을 오므린 채 소리를 지르는 소녀의 환영을 보고 잠에서 깨어난 청년. 이야기는 이 청년이 이름도 기억나지 않는 십 년 전 친구들을 만나러 나가려고 준비하는 장면에서부터 스스로에게 끊임없이 무언가를 묻고 답하는 모습을 보여주며, 어쩌다 그 자신이 어둠으로 충만한 젊은이가 되었는지, 1인칭 화자가 되어 고백하는 것으로 시작된다.

"꿈은 자고 있어야 꾸어지지만, 그 꿈을 현실 속에서 이루기 위해선 일어나 움직여야 하는 것임을 나는 안다. 하지만 현실에서 꿈이란 어쩌면 영원히 이루어지지 않는 것인지도 모르기에, 꿈을 깨는 것이 두렵다."(8쪽)고 고백하는 스물일곱 살에게 세상은 여전히 벗어나고만 싶은 곳이다. 그렇다면 관계 속에서든, 일 속에서든 끊임없이 벗어나고자 몸부림치는 이 청년에게 깊은 상처를 남긴 것은 무엇이었을까?

오늘 그가 만나 술잔을 기울이고 있는 그1, 그2, 그3으로 호명되는 친구들은 고등학교 1학년 때 독서 모임에서 책을 읽고 서로의 의견을 나누고 세상을 비판적으로 바라보게 해준 영적인 벗들이다. 또한 결벽 강박에 시달리던 열일곱 살의 그를 남도의 암자로 데려다준 진정한 벗들이었다. 하지만 십 년 만에 재회한 그들은 서로 다른 세상에서 많은 세월을 살아버려 이제는 대화는 고사하고 각자 취중 넋두리에 여념이 없다. 언제부터인지 몰라도 자신의 몸속에 여러 사람이 들어와 앉아 중얼거리므로 혼자가 아니라는 위안 아닌 위안을 얻고 지냈던 주인공 그와 마찬가지로, 그의 친구들도 어느덧 세상으로부터 밀려나 버린 자신들의 처지가 애처로워 꺼이꺼이 울음 우는 약한 존재가 되어 있었다. 애초 그들과의 만남에 커다란 기대나 의미를 두지 않았던 그의 눈에 바로 그때, 저만치 떨어져 앉아 국수를 먹고 있는 그 자신과 비슷한 나이 또래의 여자가 눈에 들어온다. 그런데 아무래도 그녀의 얼굴은 낯익다. 아니, 정확하게는 국수 가락을 오물거리며 빨아들이고 있는 그 입술이 낯익은 것이다. 하지만 그의 기억 속 어느 갈피에서 그녀와 스쳤는지 가물거리기만 한다.

이제 소설은 분명 어디선가 본 적이 있는 그녀와의 인연을 더듬어, 비가 내리고 있는 지금—여기의 봄날을 떠나 출판사를 그만두고 불현듯 십 년 전 머물던 암자 '목우암'으로 가기 위해 버스에 몸을 실었던 얼마 전으로 거슬러 올라간다. 광주발 목포행 시외버스에 동행하고 일주일 뒤 '빛고을다방'에서 만나기로 약속했던 청바지 차림의 여자의 정체를 알아내기까지 여러 겹의 사건들이 소환된다.

'목우암', 문자 그대로 해석하자면, 소를 치는 암자란 뜻이겠지만, 도를 구하는 일을 소를 찾는 일에 빗대는 불가의 우화처럼 열일곱 살에 자퇴하고 학교를 떠나온 그곳에서 그는 다시 사회에 적응하기 위해 지친 몸과 마음을 닦는 일을 해야만 했다. 스님이 되고자 했던 꿈을 아들이 대신 이뤄주길 바라는 아버지의 은근한 바람에도 불구하고, 자신은 소고기를 먹지 않고 살아갈 수 없다고 믿었기에 단 한 번도 머리를 깎고 절집에 머물게 되리라고 생각하지 않았던 어린 그였다. 그런 그에게 광우병이 의심되는 미친 소 수입이 촉발한 촛불 시위는 모든 당연한 것을 수상쩍게 여기게끔 마음의 불씨를 당겼다. '한미 자유무역협정'이 체결되고 광우병 걸린 미국산 소고기가 버젓이 수입되기 시작한 십 년 전 봄날의 광화문광장, 한 소녀가 시위대 맨 앞에서 촛불 하나를 손에 들고 손나발을 만들어 외치고 있었다. 멀찍이 본 달싹거리는 소녀의 입술은 어쩌면 광장을 밝혔던 무수히 많은 촛불들과 함께 그의 몸속으로 들어와 웅크리고 있던 의식을 밝히고 이 세상의 당연한 것을 당연하게만 보지 말고, 의심하고 질문하고 저항하라고 부추겼을 테다. 덕분에 언제부터인가 그의 마음에는 여러 사람이 들어앉아 중얼거리게 되었고, 비록 그들이 누구인지 몰라도 혼자가 아니라는 위안을 얻게 되었다. 그러나 너른 광장에 나가 촛불을 밝히다 돌아온 좁은 교실의 답답함은 오히려 그를 세상 밖으로 튕겨져 나가게 만들었다. 그럴수록 더욱 단단히 자기 안으로 파고들 수밖에 없었던 그. 음식까지 거부하며 결국 자퇴를 선택한 그는 어둠이 친숙한 암자의 작은 방에 촛불을 밝혀놓고 혼란스러운 세상의 긴 그림자를 떼어내려고 노력했다. 하지만 서울로 다시 올라온 이듬해 봄 이후 열번의 봄이 그럭저럭 가버리는 동안, 하릴없이 관계 속에서든 일 속에서든, 현실 속에서든 겉도는 몽상가로 지냈지만, 늘 마음 한 켠에서 꺼지지 않는 촛불이 일렁이는 것을 어찌할 수는 없었다. 해마다 봄이 되면 또 무슨 일이 일어나지 않나 하는 조바심에 마음 졸이는 병은 소설 속에 인용된 김준태 시인의 시 한 구절 '그해 봄날은 그렇게 갔단다'가 넌지시 보여주듯, 간단히 치유될 수 있는 계절병이 아니었다. 이 만성병은 역주행하는 시대상이 변화하지 않는 한 고쳐질 수 없는 불치의 병이다.

친구들과 술을 마시다 낯익은 입술을 따라 거리로 나온 그는 얼마 전에 들른 목우암에서 십 년 만에 재회한 김 처사의 개인사를 떠올린다. 광주 민주항쟁 때 어린 아들을 잃은 뒤 절간으로 흘러들어온 우울한 모습의 초로의 늙은이와 목우암 가는 길에 본 꽃상여를 따라갔다던 낯익은 입술. 우연이 아니었다. 아마도 낯익은 입술은 김 처사의 어린 딸이자, 깨기 싫은 꿈에서 억지로 눈을 뜨면 들려오던 '우一' 하는 함성 소리와 함께 나타나던 손나발 소녀였던 것이다. 비록 세상이 운전하는 자의 의도대로, 앞에서 끄는 자의 뜻대로 움직이고 그들을 뒤따르는 이들의 의중 따위는 아랑곳하지 않는다고 할지라도 자신의 꿈을 이루기 위해서는 깨어 있어야 한다는 것을 몸소 보여준 바로 그 소녀 말이다.

산골에 들어왔어도 피할 수 없는 도회의 이름을 딴 '서울'슈퍼와 '빛고을'다방의 이름이 말해주듯, 자본의 그림자와 그저 잘 살고 싶고 세속적으로 성공하고 싶은 욕망의 그림자는 우리를 질기게 따라다닌다. 상황이 이러하니 누군들 마음에 들지 않는 운전수가 운전하는 버스에서 뛰어내리거나 버스를 막아설 엄두를 내지 못한다. 그런데 우리의 현대사에서 떠나보낼 수도 없고, 떠나보내서는 안 되는 피로 얼룩진 봄날이 앞으로도 반복되지 않으리란 보장도 없다.

시인 조지훈은 일찍이 '꽃이 지기로소니 바람을 탓하랴'라고 「낙화」에서 읊조렸다. 하지만 술에 취한 그의 친구 그1, 그2, 그3도 낙관적인 미래를 제시해주지 않는 현실 앞에서 무릎을 꿇고 제각각 넋두리만 뱉어내고 있다. 이런 실망스러운 모습만 보여주는 친구들을 만나고자 그가 모처럼 찾아간 목우암에서 하룻밤만 묵고 서둘러 서울로 올라오지는 않았을 것이다. 어두운 산길에서는 별을 너무 오래 쳐다보지 말라고 당부하는 김 처사의 술 냄새, 땀 냄새, 살 냄새가 뒤섞인 옆자리에 누워 어느 해의 봄 광장의 사람들에게서 어렴풋이 느꼈던 사람 냄새에 대오각성을 하고 세상 속으로 돌아온 것도 당연히 아니었다. 일주일 뒤 빛고을다방에서 만나자던 낯익은 입술과의 약속까지 내팽개친 채로 서둘러 돌아온 데에는 불가의 인연법을 능가하는 무엇이 발동했던 것이 분명했다. 그것이 무엇일까? 그 대답을 찾기 위해서는 우리도 스스로에게 좋은 질문을 던져야 한다.

다디단 봉지 커피의 맛처럼 생활은 달짝지근하지 않고, 방바닥에 쩍 들러붙은 장판처럼 청춘의 일상은 곤궁하다. 어두운 산길에 눈이 익숙해지면, 길이 발을 이끌고 걸어가게 해준다고 했던가? 어디에 발을 디뎌야 할지 몰라 어정쩡하고 위태로운 자세로 서 있는 젊은이들의 모습은 21세기 대한민국을 살아가는 청춘들의 안타까운 자화상이다. 사방이 질퍽이는 진창으로 보이더라도, 어딘가에 발 디딜 곳은 있다. 영원히 내리는 비가 없듯이 영원히 지속되는 악몽도 없는 법이다. 일단 악몽에서 벗어나려면 잠에서 깨어나야 한다. 낯익은 입술의 그녀가 누구인지 알게 된 지금, 내리던 비도 그쳤다. 선문답처럼 주고받는 낯익은 입술과의 대화는 우리가 살고 있는 이 세계가 얼마나 많은 개별자들의 세상으로 이루어져 있고 서로 연결되어 있는지, '인드라 망'을 떠올리게 해준다. 어떤 개인의 세상도 같은 시절을 살고 있는 동시대의 다른 이들의 세상과 동떨어져 있지 않고, 앞선 시대를 살아간 또 다른 이들의 세상과도 무관할 수 없다.

겹겹이 매달린 꽃잎처럼 너와 나는 관계를 맺고 살고 있다. 서로의 마음에 켜둔 촛불이 마지막 꽃잎까지 떨어뜨린 바람에 꺼진다고 해도, 바람을 탓할 수만은 없는 노릇이다. 행복감과 박탈감, 욕망과 절망, 꿈과 현실 사이에서 흔들리는 오늘날의 젊은이들이여, 촛불이 저절로 켜지기를 기다리는가? 분명히 말하건대, 어둠 속에 웅크린 채로 가만히 있으면 촛불 하나 다시 켤 수 없다. 너와 나는 부싯돌이 되어야 한다.

"우리는 잔존한다. 그리고 불분명한 하나의 생명이 이성을 넘어서 다시 태어난다. 당신에게 애원한다. 아, 당신에게 애원한다. 죽으려 하지 말기를."

—P. P. 파솔리니, 「내 어머니에게 애원함」(1962)

촛불은 간절하게 무엇을 바랄 때 켠다.

옛날에 촛불은 어둠을 밝히느라 켰지만 지금은 그런 조명 기능보다는 간절함을 나타낼 때 켜는 불이 되었다. 법당이나 성당에 촛불을 켜는 건 뭔가를 간절하게 바라며 기도하기 때문이다. 같은 이치로, 사람들이 촛불을 들고 광장에 나갔다는 건 사회적으로 무언가를 간절하게 바란다는 것일 테고, 촛불을 방 안에 켰다는 건 개인적인 소망을 비는 간절한 기도의 시간이라는 것일 테다. 다시 말해 촛불을 여럿이 함께 들면 요구 사항을 내비치는 함성이 되고, 촛불을 혼자 마주하면 내면을 드러내거나 비추는 거울이 된다.

『저 입술이 낯익다』는 광장에 켜진 촛불과 주인공의 내면에 켜진 촛불이 어떤 관계를 맺고 있는가를 바탕으로 하였다. 어찌 보면 광장에 켜진 촛불은 사회적인 아픔을 치유하기 위한 촛불이다. 사회가 아프면 개인도 아플 수밖에 없다. 사회를 외면한 개인은 존재하기 어렵고, 개인을 모른 체하는 사회는 정상적인 사회가 아니다.

그간 개인의 처지를 도외시한, 즉 비정상적인 세월이 많이 펼쳐졌다. 그 세월 동안 대다수 사람들이 고통스러워 비명을 질렀지만 힘 있는 이들, 이른바 위정자들은 조금도 아랑곳하지 않았다. 오히려 대다수 사람들의 어려움과 고통을 자신들의 이익을 도모하는 데에 쓰기 바빴다. 그렇게 비정상적인 세월이 펼쳐지는 동안 역설적이게도 정상적인 삶을 누린 이들은 힘 있는 그런 사람들뿐이었다. 그들은 소수의 특정 집단이지만 다수의 몫인 행복을 빼앗아 자신들만 그 행복을 맘껏 누렸다.

『저 입술이 낯익다』에서 나는 사회와 개인의 관계를 짚어보았다. 개인에게 사회는 무엇인가? 사회는 개인에게 어떤 영향을 끼치는가? 사회라는 말은 두루뭉술한 말 같지만 특정 집단의 의도가 스며드는 집단을 이르는 말이기도 하다. 특히 권력을 가진 소수의 사람들은 사회를 자신들의 집단 이익을 위해 이용하기도 한다. 하여튼 그런 집단은, 권력자들은 개인에게 특히 청소년에게 어떤 영향을 줄까? 이런 물음 위에서 이 작품은 출발했다.

청춘들, 어리다고 불합리한 것을 모를까? 오히려 어리기 때문에, 기왕의 질서와 타협하지 않기에 더욱 흔들림 없이 앞으로만 나아갈 수 있다. 하지만 어린 사람들은 기존 질서에 쉽게 쏠려 들어가지 않기에 더 상처 받을 수밖에 없다. 나는 그 상처에 주목했다. 청춘들의 상처……. 그 상처가 나를 아프게 했다. 이 이야기는 청춘들의 상처에 관한 것이고, 청춘들의 상처를 대신 새겨야 했던 나의 이야기이기도 하다.

특정 집단의 힘 있는 이들은 자신이 남에게 준 상처를 쉽게 잊는다. 어쩌면 상처를 주었다는 사실 자체도 모를 것이다. 애초에 자신의 행위가 남에게 상처가 된다고 생각하지도 않는다. 그러나 하나하나의 작은 개인은 그런 이들과도 같은 공기를 마시며 같은 시대를 살아야 한다. 거대한 집단의 단단한 힘과 마주하지만, 개인은 철저히 고립되어 있다. 고립된 개인은 잎새에 바람만 일어도 상처를 입는다. 그 상처는 누가 아물게 해주는가? 결코 힘 있는 이들이 치유해주지 않는다. 상처는 철저히 개인적인 몫이다. 저마다 알아서 견디고, 저마다 알아서 살아내야 한다. 힘들었던 그 시간, 잊고 싶었던 순간 모두를…….

이런저런 상처로 아픈 시간을 보냈던 청춘들 모두 부디 상처에 새살이 돋아 상처 받기 이전보다 굳건하게 살기를 바란다.

2016년 여름
無山書齋에서 박상률

저 입술이 낯익다

© 박상률, 2016

초판 1쇄 발행일 | 2016년 8월 25일
초판 2쇄 발행일 | 2022년 6월 28일

지은이 | 박상률
펴낸이 | 정은영

펴낸곳 | (주)자음과모음
출판등록 | 2001년 11월 28일 제2001-000259호
주   소 | 10881 경기도 파주시 회동길 325-20
전   화 | 편집부 (02)324-2347, 경영지원부 (02)325-6047
팩   스 | 편집부 (02)324-2348, 경영지원부 (02)2648-1311
이메일 | jamoteen@jamobook.com
블로그 | blog.naver.com/jamogenius

ISBN 978-89-544-3642-7 (43810)

이 도서의 국립중앙도서관 출판예정도서목록(CIP)은 서지정보유통지원시스템
홈페이지(http://seoji.nl.go.kr)와 국가자료공동목록시스템(http://www.nl.go.kr/kolisnet)에서
이용하실 수 있습니다.(CIP제어번호: CIP2016018147)